添乗員さん、気をつけて

耕介の秘境専門ツアー

小前 亮

ハルキ文庫

角川春樹事務所

目次

デザイン：五十嵐徹（芦澤泰偉事務所）
扉イラスト：サコ

第一話 青の都の離婚旅行

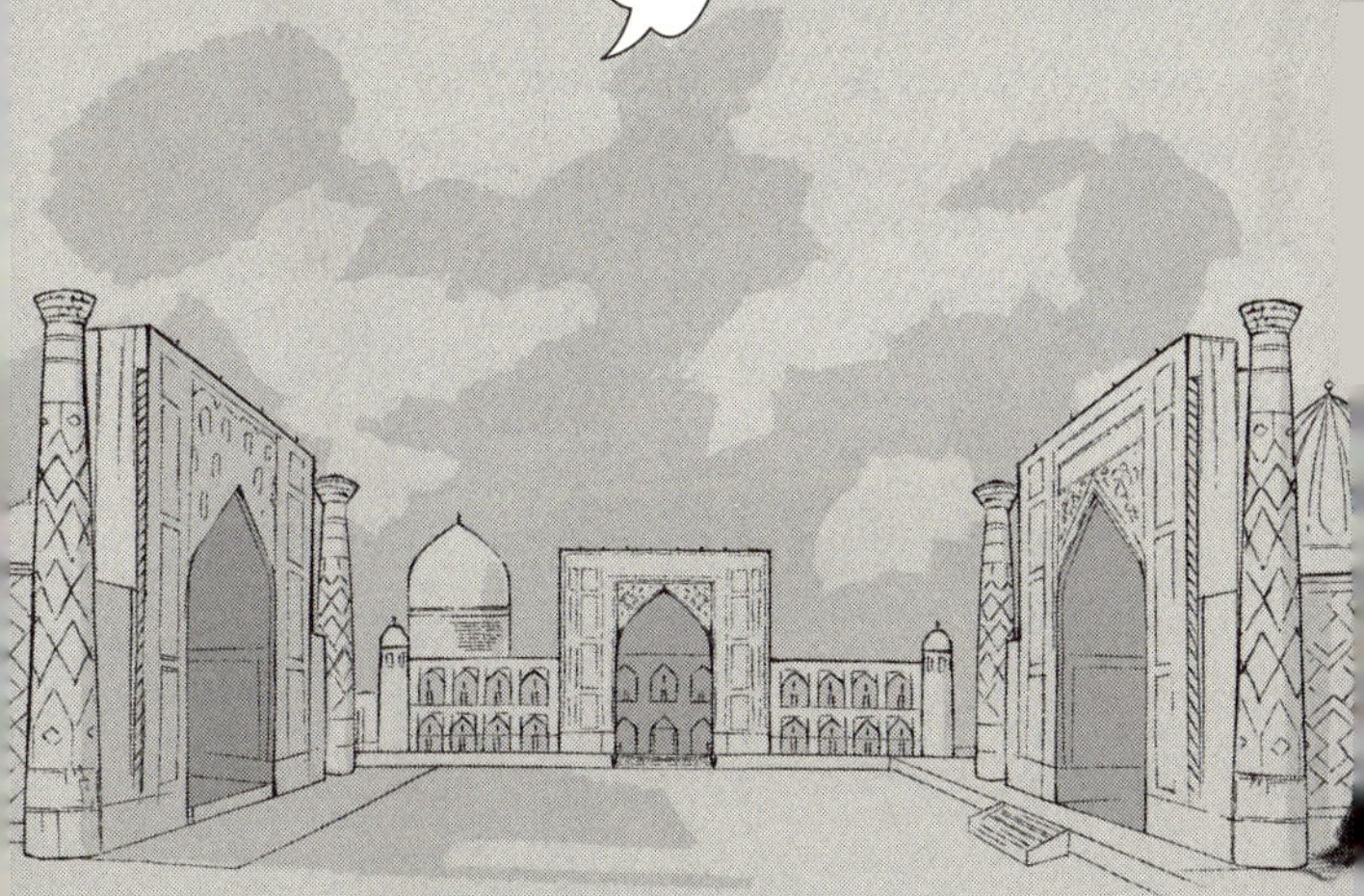

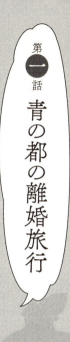

第一話

1日目	成田発▶サマルカンド着▶サマルカンド泊
2日目	サマルカンド市内観光 (シャーヒ・ズィンダ廟群、ビビ・ハヌム・モスク、レギスタン広場他)▶ サマルカンド泊
3日目	シャフリサブス観光▶ブハラへ▶ブハラ泊
4日目	ブハラ市内観光(カラーン・ミナレット、アルク他)▶ブハラ泊
5日目	ヒヴァへ▶ヒヴァ泊
6日目	ヒヴァ市内観光(イチャン・カラ)▶ヒヴァ泊
7日目	タシケントへ▶タシケント発▶機内泊
8日目	成田着

1

世の中には、三種類の人がいる。他人によく道を訊《き》かれる人と、訊かれない人。そして、外国人によく道を訊かれる人だ。

国枝耕介《くにえだこうすけ》は、三番目のタイプである。新宿駅の南口で、香港《ホンコン》の裏街で、フロリダの空港で、ロンドンの地下鉄駅で……場所を問わず、国籍を問わず、言語を問わずに声をかけられる。わかるときは身振り手振りを交えて教え、わからないときは一緒に地図をながめる。そういう性格であるから、この仕事は天職なのかもしれない。

「添乗員さん、ちょっと」

肩をつつかれて、国枝耕介は目を開けた。振り向いたが、何も見えない。

気づいて、アイマスクをとった。髪を茶色に染めた老婦人が、眉間《みけん》の皺《しわ》を深くして、椅《い》子《す》の背につかまっている。

国際線の飛行機の中である。ウズベキスタン航空の特別便で、成田発サマルカンド経由タシケント行き。観光に力を入れているウズベキスタン当局肝いりのフライトだけあって、座席は八割方埋まっている。

「イヤホンの音が急に聞こえなくなったのだけど……」

「ああ、はい。どちらですか」

嫌な顔ひとつ見せずに、耕介は立ちあがった。と、シートベルトにはばまれて、再び腰を下ろしてしまう。

慌てず騒がず、耕介はシートベルトを外した。気まずく沈黙している老婦人をうながして、席に案内してもらう。

原因の見当はついていた。機内の清掃は行きとどいていたが、ところどころシートがはげていたり、つかない機内灯があったり、機材が古いのは明らかだ。単なる接触不良か、深刻な故障か。前者であることを祈りつつ、耕介はシートをのぞきこんだ。

イヤホンのジャックが緩んでいる。祈りが通じたらしい。ほっとして差し直してみたが、またすぐに抜けてしまう。

「ね、壊れているでしょう」

老婦人が得意そうに言う。

耕介はいったん自分の席に戻って、バッグを探った。取り出したのは小さなマスキングテープだ。それでイヤホンを押さえて、外れないようにする。

「聞こえますか」

「ええ、ありがとう」

老婦人は満足げに微笑《ほほえ》んだ。

席に戻った耕介が坐《すわ》るか坐らないかのうちに、また声がかかった。今度は機内だというのに帽子をかぶった老齢の男性だ。耳もとに口を寄せて言う。

「隣の人が臭くてかなわんのだ。席を変えてくれんかね」

さりげなく様子をうかがうと、客の隣は外国人らしき中年の女性だった。髪を赤っぽく染めていて、化粧が濃い。体臭や香水の匂《にお》いがきつい人はたしかにいる。席は空いているから、丁寧に頼めば移らせてもらえるだろう。

問題は、この客が、耕介のツアーの客ではないということだ。

しかし、耕介は迷わなかった。キャビンアテンダントのもとに歩みよって、英語で交渉する。キャビンアテンダントは最初は眉《まゆ》をひそめていたが、腰を低くして頼むと、やがてうなずいた。

客は礼も言わずに空いている席に移った。それでいちいち腹を立ててはいられない。すっかり眠気の覚めた耕介は、お客のリストと旅程を見直した。

ツアーコンダクターが憧《あこが》れの職業だったのは、二十世紀の話だ。個人旅行が増えて団体旅行者数が下降線をたどり、添乗員の待遇の悪さが語られるようになると、この職業をめざす若者はめっきり減った。

それでも、言われることはある。

「旅行が仕事なんて、いいわねえ」

「そうですね。いろんな経験をさせてもらっています」

耕介は無難に応《こた》える。同業者のなかには、お客そっちのけで観光を楽しむ猛者《もさ》もいる。だが、この仕事は二十四時間休みなしのサービス業だ。神経をすり減らして辞めていく者のほうが多い。耕介は幸いにして、繊細な性格ではなかった。

「国枝さんは、神経が太いっていうか、神経がないタイプですよね。叩《たた》かれても痛みを感じない、みたいな。すごく添乗員向きだと思います」

そう評したのは、東栄《とうえい》旅行の管理を担当する里見《さとみ》日向子《ひなこ》だ。派遣の添乗員いわゆるプロテンたる耕介にとって、今回の仕事の発注主である。といっても、はっきりした上下関係があるわけではないから、日向子が暴言を吐いて、耕介が平然と受け流しているのは、ふたりの性格に原因があろう。

耕介は三十四歳。日向子の年齢は知らないが、三十歳には達していないだろうから、五歳以上は違う。年長者を敬うという発想は、日向子の頭にはないようだ。

耕介にとって、東栄旅行は一番のお得意様だ。年間二〇〇日以上、添乗している耕介だが、半分は東栄旅行のツアーである。東栄旅行は中堅の旅行会社だが、「世界遺産をめぐるイタリア周遊七日間」や「ドイツ・ロマンチック街道の旅」といったツアーは決して組まない。対象となるのは、アジアのマイナーな国や地域、あるいは中東、中南米、アフリカなどの一般の日本人には縁遠いところだ。いわゆる「秘境」ツアーのパイオニアなのである。個人では手配が難しくて、なかなか行けない国や地域を紹介したい。「未知との遭遇」という旅の醍醐《だいご》味《み》を味わってほしい。それが理念らしい。

今回のウズベキスタンツアーは、サマルカンド、ブハラ、ヒヴァといった有名な観光地を網羅《もうら》するもので、東栄旅行にしてはソフトな商品である。ウズベキスタンは中央アジアの中では大国であり、観光資源は豊富で治安もよい。秘境とはとても言えないだろう。難点は街中で英語が通じにくいことか。

日向子が耕介に依頼してくるツアーは、厄介なものが多い。砂漠をラクダで行くような過酷な旅だったり、訳ありの客がついていたりと、他の添乗員が断るような依頼でも、耕介は引き受ける。今回のツアーはそういう難題はなさそうだが、予定の添乗員にキャンセルされたという理由で、耕介に回ってきたのだ。耕介自身も三日後から、別のツアーに添乗する予定だったのだが、そちらは派遣会社のほうで調整するらしい。

「絶対、何かありますよね」

耕介の疑問に、日向子は営業スマイルで答えた。

「やだなあ、何もないですよ。単なる急病の代理ですって。国枝さんだって、この前、身内の不幸とかでキャンセルしたでしょ。大変だったんだから」

「それは三年も前の話です」

「……とにかく、持ちつ持たれつなんです。よろしくお願いしますね」

いつものように丸めこまれて、耕介は旅程表を受けとったのだった。

リストによれば、ツアー客は十四人。ツアーの常として、平均年齢は高く、シニア世代が大半を占める。男女比は半々くらいか。リストを見るかぎりでは、トラブルの原因になりそうな客はいない。

杞憂《きゆう》だったかな、と耕介は自分を安心させようとしたが、不安は消えなかった。

十時間弱のフライトで、シルクロードの古都サマルカンドに到着した。紀元前五〇〇年頃《ごろ》から栄えていた街だという。その名が一世を風靡《ふうび》したコンピューターRPGに使われたことから、響きが記憶にある人は多いだろう。

ウズベキスタンはソ連の崩壊によって西暦一九九一年に成立した新しい国だ。国土は約四五万キロ平方メートルで、日本よりも大きい。人口は三千万人を超えて、なお増加中である。ウズベク人が多数を占めるが、ロシア人やタジク人も住んでいる。公用語はウズベク語で、トルコ語に似ていて、ラテン文字またはキリル文字で表記される……。

耕介はガイドブックを読んで、国の基本情報を頭に叩きこんだ。ウズベキスタンに来るのは初めてだ。トルコとロシアは行ったことがあるから、そのふたつを合わせたようなものかと、勝手にイメージしている。

到着は夕刻で、天候は快晴だった。薄青い空に半月が浮かんでいる。さえぎるものがないせいか、風が強い。九月に入ったばかりで、まだ気温は高いが、日本の残暑よりはしのぎやすそうだ。

飛行機を出てすぐに、乾燥しているのに気づいた。草か家畜かわからないが、独特のにおいがしている。この瞬間が、耕介はわりと好きだった。外国に来た、という実感がして、気が引き締まる。

サマルカンドの空港は国際空港のわりにはこぢんまりとしていた。首都のタシケントの空港がハブの役割を果たしているので、こちらの利用は多くないらしい。

ウズベキスタンは最近、観光目的の日本人に対してはビザを免除するようになった。入国審査もスムーズに進む。一行の先頭で審査を受けた耕介は、人数を確認してほっと息をついた。つづいて、空港の最大の難関、荷物の受け取りである。飛行機移動にはどうしてもロストバゲージがついてまわる。添乗員をしていると慣れっこだとも言えるが、お客にとってはそうはいかない。せっかくの旅行が最初からつまずかないよう、祈りながら、ターンテーブルにつく。

荷物がなかなか出てこなくて、ツアー客がいらいらしはじめた。まずい。耕介はあわてて解説した。

「入国の手続きが早すぎましたからね。普通はあそこで行列ができるので、その間に荷物を運ぶんですよ」

それに合わせたように、コンベアが動きだした。ツアー客の荷物がまとめて回ってくる。耕介は自分のスーツケースを手早く確保して、お客のフォローにまわった。指さす先の荷物を、次々と持ちあげては下ろす。耕介はもともと文弱の徒であったが、添乗員として働くうちに腕力がついてきた。

幸いにして、ロストバゲージはなかった。税関の手続きもいらないので、そのままロビーに出る。「東栄旅行」のプレートを掲げた青年と目が合った。日本語ガイドを兼ねた現地のエージェントだ。

ツアー旅行の成否を握っているのは、添乗員ではなくて現地エージェントだと、耕介は思っている。大手の旅行会社だと、各国に支店を開いているケースもあるが、東栄旅行はもちろん、現地の代理店を使っている。交通手段や日本語ガイドの手配などは彼らに任せることになる。ガイドが日本語に堪能《たんのう》で、知識も豊富なら、それだけでツアーは成功に大きく近づく。国によっては、日本語ガイドが用意できず、英語から耕介が通訳することもあるが、その場合は疲労が大きくなる。

「国枝さんですか？　私はガイドのラシドフです。よろしくお願いします」

ウミド・ラシドフは黒くて太い眉毛が印象的で、彫りの浅いアジア系の顔つきをしていた。日本語は、イントネーションの癖もほとんどなく、流暢《りゅうちょう》と言ってよい。これならうまく行きそうだと、安堵《あんど》して挨拶《あいさつ》をかわす。

ツアーの一行に紹介すると、ラシドフは丁寧に頭を下げた。

「私は東京の大学で、日本文学を勉強していました。私が日本を好きなのと同じくらい、みなさんにウズベキスタンを好きになってほしいです。何でも質問してください」

歓声があがった。期待以上に有能なガイドのようだ。大学で言語学を学び、語学が趣味の耕介は、勉強の方法などを質問したいところだが、今は自重した。

一行は三台のワゴン車に分乗してホテルに向かう。乗る前に、ラシドフから提案があった。

「予定ではこのままホテルに行って終わりですが、その前にサービスでお連れしたい場所があります」

サマルカンドのシンボルであるレギスタン広場がライトアップされているので、ぜひ見てほしいという。ちょうど、西の空が紅《あか》く染まって、辺りは暗くなりつつある。ツアーの満足感を高めるには、こうしたちょっとしたサプライズが重要だ。予習はできていないが、現地ガイドが自信を持って勧めるなら期待できる。

耕介はお客たちの様子を観察した。フライトの疲れはうかがえるが、立ち姿を見ると、まだ余力はありそうだ。最年長の植田《うえだ》夫妻は旦那《だんな》さんが七十二歳、奥さんが六十九歳だが、好奇心いっぱいの瞳《ひとみ》で行き交う人々を眺め、空気のにおいを嗅《か》いでいる。

行けると判断して、耕介は希望者を募った。ホテル直行を望むお客がいたら、耕介が付き添うことになる。ツアーがはじまったばかりで、一行の個性を把握できていない段階の別行動はなるべく避けたいので、全員が希望してほしいところだ。

「ライトアップされたレギスタン広場をご覧になりたい方は……」

植田夫妻を筆頭に、多くの手があがった。全員一致が狙《ねら》えそうだ。

「では、観光をやめてホテルに直行したいという方はいらっしゃいますか？」

手をあげにくい訊き方をして、耕介はしばらく待った。

眼鏡をかけた中肉中背の男が、おずおずと進み出た。暗色のポロシャツにベージュのチノパンという服装だ。耕介は頭のなかでリストをめくった。菊沢滋《きくざわしげる》、三十八歳。妻と参加している。気弱で善良そうな印象だ。

「少し疲れて横になりたいので……」

言われてみると、ややややつれた様子も見受けられる。年配のお客より、現役世代のほうが、疲れを溜《た》めているのかもしれない。耕介は安心させるように笑みを浮かべた。

「わかりました。私といっしょにホテルに行きましょう。えっと、奥様はいかがなさいますか」

妻の菊沢佳奈《かな》は三十五歳。目立つタイプではないが、どこか翳《かげ》りを感じさせる、はかなげな美人だ。今はサングラスをかけていて、表情はうかがえない。

「私はせっかくだから、その広場を見に行きます」

耕介は意表を突かれて、やや反応が遅れた。熟年の夫婦は別行動をとることも多いが、これくらいの年齢だと珍しい。けんかでもしているのだろうか。早く仲直りしてもらわないと、せっかくの旅行が楽しくなくなってしまう。そう考えはじめた自分を、耕介はいましめた。個人の事情に深入りは禁物だ。

結局、直行を選んだのは菊沢だけだった。ひどく効率が悪くなってしまった。

「レギスタン行きの人は、二台で乗れますかね」

訊ねると、ラシドフが明るい声で告げた。

「人は乗れますが、荷物は無理でしょう」

かくして、耕介は菊沢とスーツケースの山とともに、ホテルに向かうことになった。

2

レギスタン広場は、コの字型に並ぶ三つのマドラサ（イスラーム学校）に囲まれた広場で、筆舌に尽くしがたい美しさを誇るサマルカンドの至宝である。一番古いのが、十五世紀に建てられたウルグ・ベクのマドラサ。残りのふたつ、ティラカリ・マドラサとシェル・ドル・マドラサは十七世紀に建てられた。

イスラーム建築の特徴は、円屋根《ドーム》とイーワーンである。イーワーンというのは、中庭に向いた正面玄関にあたる部分だ。巨大な壁にアーチ形の入り口が空いていて、内部はホールとなっている。正面の壁やホールの天井などに、細密な装飾がなされることが多い。これらの構造は、時代や地域によって特色を変えつつ、モスクやマドラサ、霊廟《れいびょう》などに共通して用いられる。

レギスタン広場のマドラサは、他の地域のものとは色彩が異なる。蒼穹《そうきゅう》に映える青いドームは、サマルカンド・ブルー、青の都と称されるこの街を象徴している。イーワーンは青と金で装飾され、見る者のため息を誘わずにはいられない。

「そんな歴史的な建造物をライトアップするなんて！」

菊沢は憤《いきどお》っていた。ライトアップどころか、プロジェクション・マッピングで、観光客を楽しませているらしい。耕介の立場からすると、観光の売りが増えるのはありがたいのだが、そうは思わない人もいるのだ。

「あれだけ美しいものを現代の技術で飾りたてるなんて、冒瀆《ぼうとく》です。にぎやかにすればいいってものではないんです」

「そうですね」

勢いに飲まれたように、耕介は同意した。興奮を冷まそうと、話題を変えてみる。

「ウズベキスタンにくわしいのですね。以前にもいらしたことがあるのですか」

ツアー客には事前に旅行経験などのアンケートをとっているのだが、菊沢は回答がなかった。ウズベキスタンへの思い入れが深いのは、この数分で明らかになっている。

「三年ほど、住んでいたんです」

菊沢は眼鏡をとって目をこすった。ポケットから目薬を出し、慣れた手つきですばやく点眼する。

「僕はゼネコンに勤めていて、この年齢にしては、海外赴任が多いんです。発展途上国ばかりですが、そのなかでもウズベキスタンは気に入った国でした」

「ああ、それで奥様に見せたいと……」

口にしてから、耕介は疑問に思った。

「でも、どうしてツアーなのでしょうか」

添乗員には、旅行先にくわしい客を嫌う者も多い。どうしても評価のハードルがあがるし、口を出されることがあるからだ。耕介としては、くわしければガイドを任せればいい、くらいの感覚なのだが、それは少数派だ。

菊沢はややためらってから答えた。

「ツアーなら行ってもいい、と言うものですから」

「それはそれは。ありがとうございます」

少し気まずい雰囲気になって、耕介は内心で頭を抱えた。妻が夫を信頼しておらず、夫婦仲がよくないから、そのような条件がつけられるのではないか。先ほどの妻の態度も妙だったし、菊沢の口調もどこか自嘲的《じちょうてき》である。ただ、完全に夫婦関係が破綻《はたん》していたら、そもそも旅行にはいかないはずだ。

しばらく沈黙がつづいて、ホテルに到着した。五つ星とはいかないが、サマルカンドでは上のランクのホテルである。耕介は運転手と協力して荷物を下ろし、チェックインの手続きを終えた。英語が問題なく通じたので、ほっとする。

ロビーを見回すと、菊沢はソファーに腰を下ろして、ぼうっとしていた。心ここにあらず、といった様子で、声をかけるのもためらわれる。やはり、夫婦げんかをしてしまったのだろうか。

耕介が正面に立って三秒後に、菊沢は顔をあげた。耕介はキーを差し出した。

「先にお部屋にどうぞ。食事はここのレストランでとりますが、他のみなさんが来てからになりますので、後でお呼びします」

「あなたは?」

「私はここで待っています」

「じゃあ、僕も」

ひとりにはなりたくないのだろう。耕介はうなずいて、菊沢の隣に坐った。明日の旅程を引っ張り出して、見るともなく眺める。

「実はね」

菊沢が唐突に切り出した。

「離婚旅行なんですよ」

とっさに漢字が浮かばなくて、耕介は菊沢をまじまじと見つめた。新婚旅行の反対、というところだろうか。それでも、よく意味がわからない。

「もう夫婦としては終わっているんです。離婚の条件はほぼまとまりましたが、でも、僕には未練がありましてね。何とか思いとどまってくれないか、と、最後に旅行に誘ってみたわけです」

「それは……何と言いますか……健闘を祈ります」

独身で恋人もいない耕介には、夫婦の機微はわからない。応援するのがせいぜいだろう。

「ですから、添乗員さんも、協力してください」

「はい、できることがあれば」

思わず答えてから、耕介は眉をひそめた。いったい何をすればいいのだろうか。そもそも、添乗員の分を外れているような気もする。

添乗員の先輩たちは言う。

「おれたちはひとりのお客に肩入れしたり、ひいきしたりしたらダメだ。必ず、文句を言う奴《やつ》が出てくる。お客はけっこう添乗員を見ているぞ」

それは正論だが、困っている人が目の前にいれば、助けるしかない。頼まれたら断れないのだ。

菊沢は安堵の息をついた。

「よかった。百人の味方を得た気分です」

「いえ、私の立場では、たいしたことはできませんよ」

そもそも、よりを戻したいなら、妻とレギスタン広場に行くべきではなかったか。そう思ったが、菊沢は耕介と話す機会をつくりたかったのだろう。

耕介は少し迷ったが、訊いておくべきだろうと判断した。迷う前に訊け、というのは、添乗員の職業訓のひとつである。

「立ち入ったことをうかがうのは気が引けるのですが……離婚の原因はどういったことでしょうか」

「よくある話ですよ」

菊沢は嫌がるそぶりを見せなかった。やはり話したいのだ。

「さっきも言ったように、僕は海外赴任や出張が多かったんです。妻は仕事を続けたいし、海外での生活は不安だと言うので、残していたんですけどね。それがまちがいだったんです。距離がはなれていると心もはなれてしまいます。子供がいないので、よけいでした」

話しぶりからすると、妻のほうから離婚をもとめたのだろう。耕介は努めて明るい声を出した。

「それなら、この旅行でいっしょにいる時間を多くとればいいですね」

すれ違いを解消するには、正面から向き合うか、同じ方向を見つめるか、だ。何かの本で読んだことがある。

「旅行というのは非日常ですから、きっと奥様も新婚の頃を思い出しますよ」

「だといいのですが」

耕介が励ますほど、菊沢は沈んでいくようだ。

「もっと自信を持ってください。好き合って結婚したのでしょう。きっとやり直せますって。私も応援しますから」

うなずいて、菊沢は結婚指輪を見つめた。結婚したのは五年前、式はハワイで挙げたという。その後、東京都内の一流ホテルで披露宴を催し、新婚旅行はエーゲ海のクルーズだそうだ。菊沢はかなり稼ぎがよいのだろう。しがない派遣添乗員の耕介としては、うらやましいかぎりである。

「このまま離婚したら、むなしいだけですけどね」

「そんなことないですよ。思い出はプライスレスです。反省をふまえて次、って手もありますよ」

実際、菊沢に魅力がないとは思えない。人目を引くルックスではないが、こざっぱりして清潔感はあるし、勤め先は安定していて、高給取りだ。結婚相談所などでは引く手あまたではないか。

しかし、ここだけは力強く、菊沢は言った。

「いや、次はありません。佳奈が一番ですから」

ロビーが騒がしくなってきた。ツアーの本隊が到着したのだ。耕介は誘導のために立ちあがった。

「鍵《かぎ》をお渡ししますから、こちらに集まってください。いったんお部屋に入って、身支度などしていただいて、七時に一階のレストランに集合です」

日本とウズベキスタンの時差は四時間である。日本時間では十一時近いから、もうあくびをしているお客もいる。この日の夕食はブッフェ形式で、量を自分で選べるように配慮してあった。

「私の部屋は三〇三です。ご用があればご連絡ください」

リストを見ながら、鍵を手渡していく。すっかり一般的になったカードキーではなく、部屋番号のプレートがついた昔ながらの金属製の鍵だ。重量感があるので、こちらのほうがなくしにくい気もするが、どんな鍵であれ、なくすときはなくす。オートロックであれば、閉じ込みが起こる。それくらいはトラブルの数に入らない。

十四人の内訳は、五十代くらいの女性四人グループがひとつ、男女のペアが四組、男性のひとり客がふたりだ。四人グループはふたりずつに分かれて泊まる。最近は女性のひとり客が多いのだが、今回はいなかった。

耕介は菊沢夫妻の様子をうかがった。菊沢が話しかけて、妻がそれに答えている。妻の態度がそっけないように見えるが、事前に話を聞いていなければ、疑問には思わないだろう。ごく普通の夫婦に見えて、みんな問題を抱えている。そのようなものではないか。ツアーとはいえ、旅行に応じた時点で、脈はあるにちがいない。耕介は楽観的に考えていた。

3

ツアー二日目である。この日は、サマルカンド市内をじっくりと観光する予定になっている。東栄旅行のツアーでは、大手旅行会社が手がける格安ツアーとちがい、土産物屋《みやげものや》に案内してマージンをとるという手法は用いない。その分、ツアー料金は高くなるが、見るべきものを時間をかけて見られるので、参加者には評判がよい。これは経営方針のひとつだが、そもそも、マージンを払えるような土産物屋がない場所に行ったり、メインの客層が土産に興味がなかったりするからでもある。

朝から快晴で、青空が濃い。時差ぼけのツアー客も、さわやかな陽光を浴びて背筋が伸びている。

「日差しが強いので、女性の方は日焼け対策をお忘れなく」

耕介が言うまでもなく、女性陣は日焼け止めを塗ったり、つばの広い帽子をかぶったりと、対策を講じている。菊沢夫人は、大きなサングラスのほかに帽子とアームカバーで守りをかためていた。夫とは少し距離をおいて立っている。

一行を乗せたワゴン車の列は、まず中心部から若干はなれたウルグ・ベクの天文台に向かった。

ガイドのラシドフが解説する。

「ウズベキスタンの英雄と言えば、ティムールです。戦に非常に強い人で、中央アジアに大きな帝国を建てました。彼の帝国の四代目の王がウルグ・ベクです。ウルグ・ベクは頭のよい王で、内政と学問に力を入れました」

レギスタン広場のマドラサをつくったのもこの人だ。ウルグ・ベクは天文台をつくらせて、みずからも研究をおこなったらしい。十五世紀の当時、ティムール朝の天文学の水準は世界でもっとも高かったそうで、計算された一年の長さは、現代のものと誤差が一分に満たない。

天文台は三階建ての立派な建物だったが、ウルグ・ベクの死後、イスラーム教の保守派によって破壊されてしまった。残っているのは、巨大な六分儀の地下にあった部分である。経線に沿って掘られた溝が弧を描いて延びており、まるで滑り台のようだ。

「どうやって観測していたのですか」

ツアー客のひとりに訊《たず》ねられて、ラシドフが苦笑いした。

「私はよくわかりません。隣の博物館に説明があるので、どうぞごらんください」

説明といっても、書いてあることは読めないので、図を見るくらいである。望遠鏡もない時代に、星の位置を正確に観測し、記録し、計算したのだ。その努力を思うと、頭がくらくらしてくる。

耕介は思いついて、一行に質問してみた。

「みなさんはいろいろな国に行かれているでしょうが、星空はどこが一番きれいでした?」

真っ先に口を開いたのは、森平健二《もりひらけんじ》郎《ろう》という年配の男性だ。見事な銀髪で、すでに定年退職している年齢だが、トレッキングと写真が趣味だそうで、足腰の強さには自信があるという。メジャーリーグの野球帽をかぶり、ポケットの多い上着を着た姿は、旅のベテランといった風情《ふぜい》だが、ちょっと暑そうだ。

「ネパールだな。標高の高いところでは、まさに満天の星が見える。星のひとつひとつが大きくて、色がはっきりわかる」

モンゴル、ニュージーランド、カナダをあげる人もいた。

「星じゃないけど、ノルウェーで見たオーロラは感動的だったわね」

女性グループのひとりが言ったのをきっかけに旅自慢がはじまる。

「みなさん、さすがに旅好きでらっしゃいますね。次も東栄旅行でお願いします」

耕介は適当に切りあげさせて、車にいざなった。菊沢夫妻は話の輪にくわわらず、並んで天文台跡をながめていた。なかなかよい雰囲気ではなかろうか。

次の目的地はアフラシヤブの丘だ。歩けない距離ではないが、参加者の体力を考えて車で向かう。

「昔のサマルカンドは、今と少しずれた場所にありました。何百年もの間、東西の貿易ルートの中継地として、おおいに栄えていました。しかし、チンギス・ハンに攻められて、破壊されてしまったのです。この丘が、その跡になります」

古代から中世のサマルカンドでは、ソグド人が交易に活躍して、ゾロアスター教が崇拝されていた。マケドニアのアレクサンドロス大王が遠征してきた土地でもある。

今のアフラシヤブは草木がまばらに生える広い丘陵地になっている。白っぽい土の壁らしきものは、遺跡の一部であろうか。政府はこの地に新しい建物を建てるのを禁止しているという。

ラシドフは一行を小高い場所に案内して言った。

「ここには、美しい建物はありません。ただ、歴史の積み重ねがあります。過去の姿を想像してみてください」

騒がしかった一行は無言で丘を見つめた。風が緑の丘を吹き抜けていく。鳥のさえずりと、羊の鳴き声が遠くに聞こえている。耕介は目を閉じてみた。まぶたの裏に、隊商宿や市場のにぎわいが浮かんで消えた。

「はい、そろそろ行きましょう。見所はまだまだたくさんありますよ。次はシャーヒ・ズィンダ廟群です」

ラシドフが楽しそうにガイドする。ツアー客の反応がいいのでうれしいようだ。

シャーヒ・ズィンダ廟群はアフラシヤブのすぐ南に位置するが、そのまま歩くと裏手に出てしまう。正面から入るために、ここも車を使った。

「サマルカンドで一番人気のある観光名所です。国内からも国外からも、たくさんの観光客がお参りに来ます」

得意げなラシドフを先頭に、入り口の大きな門に向かう。この門を建てたのも、ウルグ・ベクだという。

門を抜けると上り階段がある。

「階段の数をかぞえてください。行きと帰りの数が同じなら、天国へ行けます」

「わしはお迎えが近いから、切実じゃよ」

植田のおじいさんが笑いながら、一、二、三とかぞえはじめる。

階段を上りきり、アーチをくぐると、青のきらめきが目に飛びこんできた。

「ほう、こりゃあ……」

絶句した植田が杖《つえ》を落とした。

シャーヒ・ズィンダ廟群は、十一世紀から十九世紀までに建てられた霊廟つまりお墓の集合体だ。埋葬されているのはティムール朝の武将や学者が多い。

モザイク技法を用いて修飾された石造りの建物が、狭い道の左右に並んでいる。薄い青から濃紺まで、様々な種類の青でつくられた幾何学的な意匠が、圧倒的な美しさで迫ってくる。耕介は一瞬、仕事を忘れて立ちつくした。

「シャーヒ・ズィンダは、生きている王という意味です」

伝説によれば、預言者ムハンマドのいとこ、クサム・イブン・アッバースという人がこの地に布教に来たとき、礼拝中に襲われて、首を落とされてしまった。ところが、クサムは動じることなく礼拝を終えると、みずからの生首を拾って、井戸のなかにある楽園へと去っていったという。

クサム・イブン・アッバースを祀《まつ》った廟は十一世紀のもので、チンギス・ハンによる破壊を免れて、今のサマルカンドでもっとも古い建築物となっている。

先へ進むに連れて、建物が古くなっていく。壮麗な廟やモスクは、内部がさらに美しい。イーワーンの内側は天井までびっしりと装飾タイルで覆われ、灯《あか》りを反射して青い光を乱舞させている。

耕介は最後尾について、お客を観察しながら歩いていた。菊沢夫人が夫の側《そば》をはなれて、グループの女性たちと話している。いつのまにかサングラスを取っていて、屈託のない笑顔を見せていた。離婚問題を抱えているとはとても思えない。

夫のほうは、ひとりで歩いていた。スマホのカメラで、廟をひとつひとつ写真に収めている。ひとり旅の森平も写真を撮っているが、こちらは高級そうな一眼レフカメラを使っていて、真剣な表情でファインダーをのぞいている。写真が趣味というだけあって、構えはプロのようだ。

最後尾の耕介に、菊沢が並んできた。

「僕がいたころは、この辺りはまだ修復中だったんです。観光客より職人のほうが多いくらいだったんですが、ずいぶんにぎやかになりました」

「そうですか。これだけ美しいのですから、今後はもっと人気が出るでしょうね。ところで、調子はいかがですか？」

「いまひとつです」

　菊沢は目を伏せた。

「楽しんでいるみたいなんですが、会話がはずまなくて」

「まだ旅行ははじまったばかりです。これからですよ」

「どんな話をすればいいんでしょうねえ」

　いきなり訊かれても困る。耕介はない知恵をしぼった。

「えっと……旅のウンチクは……あ、でも、これは嫌がられることも多いですし……仕事の話は……興味ないかもしれないですよね……」

　しどろもどろになった末に思いついた。

「そうだ。話を聞く男がモテるって、言いますよ。まず、奥様の話を聞いてあげるのはいかがでしょうか」

　添乗員も話を聞くことは重要だと、耕介は考えている。説明ばかりしていると、お客はつまらなくなってしまう。ただ、プライベートではまったく実践の機会がない。仕事が忙しくて……と自分に言い訳する日々だ。

「そうですね。やってみます」

菊沢がすなおにうなずいたので、耕介は少し複雑な気持ちになった。


―― 4 ――


耕介は添乗員になりたくてなったわけではない。もともとは、言語学を学んで大学院を出たあと、私立の大学で英語を教えていた。ところが、その大学が経営難に陥ったため、耕介は職を失ってしまったのだ。英語の講師は希望者が多いので、有力なコネを持たない耕介に、すぐに次の職場が見つかるとは考えられなかった。

「添乗員をやってみないか。おまえに向いていると思うぞ」

そう言って誘ってくれたのは英会話サークルの先輩だった。

耕介は誘われるままに研修を受け、実務訓練をおこなって、旅程管理主任者資格をとった。はじめてひとりで添乗したのは、その半年後のことである。

「おれのどこが添乗員向きなのですか。そりゃあ、英語はそれなりにできますが、外国にはくわしくないですよ。旅行に行ったことがあるのも、イギリスとアメリカだけだし」

耕介が訊ねると、先輩は呵々《かか》と笑った。

「おまえに声をかけるまでに、六人に断られていたんだ」

当時、新卒の就職は売り手市場になりつつあった。人手のほしい会社の指示で、先輩は片端から勧誘していたが、ひっかかったのは講師崩れの中途採用者だけだった。

「つまり、別におれを見こんで誘ったわけではない、と」

「そのときはな。今は違う。おまえは本当に向いていると思うよ。添乗員の仕事はガイドじゃないから」

「そりゃ、そうですよ。添乗員の仕事は旅程管理。イロハのイじゃないですか」

「そんなことを言ってるんじゃない。ま、そのうちわかるよ」

先輩はいいかげんな性格だから、適当なことを言っただけだろう。だが、耕介は、ラーメンを食べながらかわしたその会話を、よく覚えている。世界各地で麺《めん》料理を食べるたびに、思い出してしまうのだ。

ウズベキスタンの麺料理は、ラグマンという。中央アジア全域で広く食べられている、ウドンに似た料理だ。トマトと肉の出汁《だし》が利いたスープをかけて食べる。

サマルカンドの食堂で、ツアーの一行は昼食をとっていた。羊肉の串焼《くしや》きシャシュリクとラグマンがメインで、トマトのサラダやメロンなどの果物もテーブルに並べられている。

中央には丸いナンの山が鎮座していた。

ラグマンは地方によって、季節によって、また店によって具や味が違うが、今回は牛肉をはじめ、タマネギ、人参《にんじん》、ピーマンと盛りだくさんの野菜が入った、マイルドな味のものだった。

「いかがですか？　日本人の口にも合うでしょう」

ラシドフが胸を張る。

「たしかに美味《おい》しい。辛いと思っていたけど、そうではないのね」

「スープがいいわねえ。ラタトゥイユに似てるけど、もっとやさしい感じ」

「しかし、この麺はちとコシが足りないぞ」

「あら、生麺だから、これでいいのよ」

一行は口々に感想を言い合いながら、おおむね満足しているようだ。羊肉の串焼きも好評であったが、最年長の植田のおじいさんは嚙《か》み切れずに残していた。代わりに、メロンをふた切れも食べている。

「ナンもどうぞ。昔から、サマルカンドのナンは味が良くて有名です」

ラシドフがナンを切り分けて、希望者に配っている。

中央アジアのナンは、インドのものと違って厚みがあり、形は丸い。中央部が少しへこんでいて、そこにゴマを散らしたような模様が入っていた。直径三〇センチ、厚さは七、八センチあるので、ひとりで食べきれるようなものではない。

そのままでも小麦の味がしっかりしていて、歯ごたえがあって美味しい。しかし、ラグマンのスープにひたして食べると、これが絶品であった。

菊沢夫人は、羊肉を頬張《ほおば》って、旺盛《おうせい》な食欲を見せている。女性グループと打ち解けたらしく、ラグマンの作り方について、語り合っていた。夫のほうが取り残されている雰囲気である。

耕介は長いテーブルの端に坐っているので、席がはなれている。植田が気を利かせて話しかけた。

「あなたはどういう仕事をしとるんかい」

菊沢はほっとした様子で答えた。

「建設関係です。海外の現場が多くて、このウズベキスタンでも働いていました」

「ほう、そりゃすごい」

植田は大げさに感心する。

「わしはずっと高校の教師をやっておった。現役のときは旅行なんぞしたことがなかったが、定年になってから、ばあさんと一緒に外国に行くようになってな。こんなに楽しいなら、若いときから行っておればよかった」

「この人がこんなに旅好きとは知りませんでしたよ」

植田のおばあさんはにこにこと笑っている。

「しかし、海外が長いと、和食が恋しくならんのかね。ここの料理もうまいが、わしはほれ、これを使いたくなる」

植田は小さな醤油《しょうゆ》のボトルを卓上に置いている。耕介も醤油は持ち歩いている。とくにお年寄りには喜ばれるのだ。

「僕は食べるものにあまりこだわりがないので、どこでもやっていけました。それに、ウズベキスタンは焼肉屋さんがけっこうあって、日本食っぽいものも食べられました」

ウズベキスタンには、スターリンの時代に強制移住させられた朝鮮族《ちょうせんぞく》が住んでいるため、朝鮮料理が食べられるのだという。

「内陸国なので、新鮮な魚は望めませんけど」

「内陸国と言えば……」

食卓にもカメラを持ちこんでいる森平が口をはさんだ。

「ウズベキスタンは、世界にふたつしかない特殊な国なんだ」

「ほう、それは何かね」

植田が率先して訊ねると、森平は満足げに答えた。

「国境をふたつ越えないと、海に出られない」

「ふむ、周りもすべて内陸国ということか。なるほどなあ」

植田は腕組みして感心している。今度は菊沢が質問した。

「でも、ふたつしかないとは意外ですね。もうひとつは？」

「自分で考えてみな」

森平は銀髪をかきあげて、にやりと笑った。

「このツアーが終わるまでに正解したら、プレゼントをやるよ」

「プレゼントって？」

「わしも参加してもいいのかの」

菊沢と植田が同時に訊ねた。

「それはあとのお楽しみ。植田さんももちろんどうぞ」

「隣のキルギスはどうですか」

「東欧が怪しい。スロバキアはどうかな」

「ふたりとも残念。まあ、ゆっくり考えてみてください」

森平のように、知識や経験をひけらかすタイプは、ツアーによっては敬遠されることもある。が、今回は植田が潤滑油になって、うまく行きそうだ。

食事はほぼ終わっていて、みなはメロンのおいしさに感嘆のため息をついている。そして、日本円にすると一個あたり数十円と聞いて、目の色を変えた。

「日本で売ったら大もうけじゃないか」

三人くらいがいっせいに言ったが、ラシドフが一蹴《いっしゅう》した。

「でも、輸送費がかかります」

ウズベキスタンは海に出るまで遠いので、重い商品を輸出するのは難しいという。

「なので、旅行中にたくさん食べてください」

その言葉に背中を押されて、さらに食べる人がつづいたので、予定の時間を少しオーバーしてしまった。次の目的地であるビビ・ハヌム・モスクはレストランのすぐ近くで、すでにその偉容が見えている。耕介は満腹になった一行をうながして立ちあがらせた。

5

遠くから見える建物は、近づくと非常に大きい。

科学を持ち出すまでもなく、当然のことだが、その事実は旅先にて実感される。すぐそこに見えているのに、なかなかたどりつかない。近づいて写真を撮ろうとすると、大きすぎて入らない。耕介はそういう経験を何度となく繰り返してきた。だからといって、お客に対して、事前にはあまり注意しないようにしている。自分で体験してほしいからだ。

ビビ・ハヌム・モスクは、十五世紀の初めにティムールの命で建てられたモスクである。壁に囲まれた敷地はサッカー場がすっぽり入るほど大きく、モスクとしては中央アジア最大の面積を誇る。青い模様で飾られた正面の外壁は、規格外の巨大さで、見上げると不安になるほどだ。円屋根《ドーム》や尖塔《ミナレット》もそれに見合う高さで、ドームの内側が四十メートル、ミナレットは五十メートルだという。ミナレットというのは、モスクやマドラサに付属する塔のことだ。権威を示すとともに、礼拝の呼びかけに用いられる。

建築の際には、石を運ぶのに、百頭近くの象が使役されていたのだそうだ。

「当時の技術で、よくもこれだけ大きなものをつくったものだ」

感心する植田に、ラシドフが説明する。

「いえ、やはり大きすぎたのです。しかも、急いで建てたので、完成してすぐに崩れはじめました」

礼拝の最中に、落ちてきた破片が頭に当たって、怪我《けが》をした信徒もいたらしい。モスクはしだいに使われなくなり、壊れたまま放置された。ミナレットは地震で折れたものだという。

「今は大丈夫なの？」

ひとりの女性客が不安そうに壁を見上げた。

「心配はいりません。一部は修復しましたが、ほとんどは現代の技術で建て直しています。きっと象がぶつかっても崩れませんよ」

ラシドフが笑いながら答えた。実際に象がぶつかったらどうなるのだろう。インドやアフリカでは象を戦争に使っていたというが、城壁も象の体当たりに耐えられるように造っていたのだろうか。

「ビビ・ハヌムというのは、第一夫人という意味で、ティムールの皇后がそう呼ばれていました」

モスクの中に案内しながら、ラシドフが語る。このモスクには、悲しい伝説があるという。

ビビ・ハヌムはティムールの遠征中にモスクの建築を監督していて、夫が帰るまでに完成させようと必死だった。しかし、建築家に足もとを見られて、仕事をするのと引き替えにキスを要求されてしまう。ビビ・ハヌムは建築家に魅力を感じて、それを許した。モスクは無事に完成したが、ビビ・ハヌムの首にはキスマークが残ってしまう。帰ってきたティムールは激怒して、建築家の首を切り落とした。ビビ・ハヌムも死を賜《たまわ》り、ミナレットから突き落とされた……。

「せつない話ねえ」

植田のおばあさんがため息をついた。

伝説の結末には違うパターンもあって、ビビ・ハヌムは一生顔を覆って暮らすよう命じられたとか、建築家は空を飛んで逃げたとかいう話も伝わっている。

「あちらにビビ・ハヌムの廟もありますが、まずはこちらをご覧ください」

ラシドフが一行を中庭の中央にいざなう。

大きな石のオブジェが鎮座していた。台座の上に、ふたつの三角柱が側面を下にして、本を開いたような状態で据《す》えられている。

「これは世界最大の書見台と言われています。コーランを読むための台です。十五世紀につくられました」

一様に驚きの声があがった。この台に置くとすると、人間よりも大きな本になる。

「書見台は木でつくった折りたたみ式のものが一般的です。彫刻がきれいなので、お土産にいいですよ。もちろん、こんなに大きくありません」

宣伝上手なラシドフである。

耕介は有能なガイドの話に感心しながら、ツアー客に気を配っていた。疲れていたり、体調が悪そうだったりするお客はいないか、トイレに行きたそうなそぶりはないか、日焼けや脱水にも注意が必要だ。アクシデントがあれば、旅程に狂いが生じてしまう。いざというときの対処に自信を持っている先輩も多いが、事前に防ぐのが一番重要だ。

気になったのは、菊沢夫人である。夫を避けるように歩いて、書見台の写真を撮ったり、外壁を眺めたりしているが、顔が青ざめているように見える。昼食の席では元気そうだったが、その後、気分が悪くなったのか。

耕介はさりげなく近づいて訊ねた。

「大丈夫ですか?」

菊沢佳奈ははっとして耕介を見やった。辺りをうかがってから答える。

「ええ、別に何も」

「そうですか。もし体調が悪くなったら、遠慮せずにおっしゃってください。無理をするのはよくありませんから」

「……はい、ありがとうございます」

佳奈は帽子を深くかぶり直した。かたちのよい鼻から上を影が覆った。すうっと歩いて、耕介から遠ざかる。

次いで、にぎやかな女性グループが近づいてきた。楽しげにおしゃべりしつつ、次々とスマホを突きだしてくる。

「写真撮ってくださる?」

「あ、はい、喜んで」

四つのスマホで写真を撮り終えると、すぐに菊沢が寄ってきた。先ほどからずっと様子をうかがっていたようだ。

「添乗員さん、ちょっとこっちへ……」

物陰に呼んで質問してくる。

「妻は何と言ってましたか」

「はい、別に調子は悪くない、と」

答えると、菊沢は妻の後ろ姿を目で追って、声をひそめた。

「話を聞くと言ったって、話しかけてくれないのではどうにもなりません」

「そうですか」

耕介も肩を落とした。完全に愛想を尽かされてしまったのだろうか。

「私もきっかけを探してみます。菊沢さんもあまり気を落とさずに、なるべく旅を楽しんでください」

「……」

菊沢は何か言ったようだが、声が小さすぎて聞き取れなかった。耕介が聞き返そうとしたとき、菊沢が勢いよく振り返った。

「そういえば、あの森平さんのクイズ、添乗員さんはわかりますか」

海に出るまでに国境をふたつ越えないといけない国か。ウズベキスタンともうひとつ。

耕介は首を横に振った。

「残念ながらわかりません」

「でも、ネットにアクセスできるでしょう？　調べればすぐわかるんじゃないですか」

たしかに、耕介は海外用のモバイルＷｉ‐Ｆｉをレンタルしているから、パソコンもスマホもインターネットに接続できる。しかし、それで調べるのはフェアではない。断ると、菊沢はあっさりと引き下がった。

「まあ、そうでしょうね。自分で考えます」

「奥様と一緒に考えてみてはいかがですか」

いい案だと思ったが、菊沢の反応は鈍い。

「はあ、でも妻は外国のことはあまり知らないんです。ウズベキスタンもアフリカだと思っていたくらいですから」

「ラシドフにはとても言えませんね」

笑ったら失礼なような気がして、耕介は表情の選択に苦労した。菊沢は一礼して、妻のほうに歩いていく。


一行はつづいて、すぐ隣にある市場《バザール》の見学に向かった。シャブ・バザールといって、数百年の歴史があるという。

「ここでは、一時間ほど自由行動にします。好きなところを見に行ってください。私たちは入り口で待っています」

ラシドフのおすすめはドライ・フルーツとナッツ類だそうだ。

大きな屋根の下の開放的な空間に、台が並べられ、色とりどりのフルーツや野菜、ナンにお菓子などが陳列されていて、見るだけで楽しい。地元の人たちが大勢買い物をしており、高い屋根に向かって熱気が立ちのぼっている。市場の敷地からはみ出している売り場もあり、人もあふれていた。

耕介もひと巡りしてきたかったが、お客が優先だ。どこの国でも、市場ではスリなどのトラブルに遭《あ》いやすいので、すぐにわかる場所に待機していたほうがいい。

ラシドフは運転手とウズベク語で話していたが、耕介が視線を向けると、笑顔で告げた。

「今回のお客さんはいい人ばかりで、ガイドもやりやすいです」

「あなたがしっかりしていて、日本語もうまいからですよ」

耕介は本心から言った。

「ありがとうございます。ちょっとトイレに行ってきていいですか」

「もちろん」

ラシドフが雑踏に消えるのとほぼ同時に、耕介は声をかけられた。死角からだったので、びくりとしてしまう。

「すみません。驚かせてしまって」

立っていたのは、菊沢佳奈であった。顔面が蒼白《そうはく》で、今にも倒れそうだ。耕介は思わず支えの手を差し出した。

「そうとう具合が悪そうですね。まずは坐りましょうか」

耕介は周囲を見回した。ベンチや屋台の椅子はあるが、どこも埋まっている。

疲れたり気分が悪くなったりしたお客のために、耕介はレジャーシートをリュックに入れている。汚れるのが前提の秘境ツアーではあまり使わないが、添乗員の七つ道具のひとつだ。

それを使いたいところだったが、日陰が見当たらない。ふと気づいて、待機していたワゴン車に入るよう勧めた。運転手も察して、ドアを開けてくれている。

佳奈は少しためらったが、うなずいてワゴン車に乗りこんだ。

ラシドフが戻ったら、このままホテルに帰そうか。それとも、病院に連れて行ったほうがいいだろうか。耕介は考えながら、佳奈の顔をのぞきこんだ。

「どこがつらいのですか？　痛いところはありますか？」

「ありません。そういうのじゃないんです」

佳奈は真摯《しんし》な瞳で耕介を見つめた。耕介の背筋に悪寒が走る。

「夫が私を殺そうとしているのです」


―― 6 ――


耕介は混乱していた。菊沢が妻を殺そうとしている？　いったいどうして。菊沢はよりを戻したがっているのではないか。離婚するくらいなら殺す、ということだろうか。それとも、菊沢の説明はまったくの虚偽なのか。

とにかく、事情を訊かないことにははじまらない。

耕介は手を振って否定した。

「ゴー、ホテル？」

運転手が片言の英語で問いかけてきたが、耕介は手を振って否定した。

「差しつかえなければ、事情をお聞かせ願えませんか」

訊ねると、佳奈は逆に質問してきた。

「添乗員さんは夫と話していましたよね。あの人は今回の旅行について、何と説明していましたか」

答えていいものか、耕介は迷った。だが、殺されると言われては、夫にだけ肩入れすることはできない。正直に明かすほかはない。

「離婚旅行だと。よりを戻す最後のチャンスだと言っていました」

佳奈はため息をついた。

「あの人は誤解……というか、思いこんでいるんです。私が不倫していると」

声をひそめて、佳奈は告白する。

菊沢の海外赴任についていかなかったのは事実だ。でも、それは語学力、自分のキャリア、親の病気など、様々な理由からふたりで話し合って決めたことである。しばらくは仕方のないことだと思っていた。だが、菊沢は他に男がいるせいだと考えたらしい。予告なしに帰国したり、友人に探りを入れたり、と疑念を露《あら》わにする行動がつづいた。探偵を雇った形跡もあったという。

「私にはやましいところは全然ありません。なのに、あの人は聞く耳を持たなくて、それで、もうやっていけないと、離婚を決意しました」

それすらも、菊沢は不倫の証拠とみなした。男と別れてやり直してくれ、という。存在しない男と別れることはできないし、まったく信じてくれない夫と夫婦関係をつづけるのも無理だ。

「私にはもう、どうすることもできなくて。最後に旅行に行ってくれれば判を押すというので、仕方なく参加したのです」

黙って聞いていた耕介は、佳奈が気の毒で涙が出そうになった。思いこみが激しくて、説得の言葉が通じないお客に遭遇した経験は、耕介にもある。さぞつらかったことだろうと思う。

ただ、それで殺されるというのは、にわかには信じがたい。というより、信じたくない。

菊沢がそんなことをするようには見えなかった。

耕介の疑問を見てとったか、佳奈は解説した。

「先ほどのガイドさんの話を聞いたでしょう。王様のお妃《きさき》の話」

「はい。ビビ・ハヌムですか」

「王が戦争に行っている間に不倫して、殺されたんですよね」

耕介はその意味に気づいて、血の気が引くのを感じた。菊沢が思いこんでいる図式と同じではないか。

「で、でも偶然の一致とか……」

言いかけた耕介だったが、佳奈の真剣な表情に圧倒されて、つづく言葉を飲みこんだ。

「あの人は長くウズベキスタンにいたんです。主な観光地はめぐったと聞いています。その伝説を知らないはずはありません。そもそも、一緒に旅行するのに、自分だけがよく知ってる場所なんて変でしょう。新婚旅行に行った場所にもう一度、というなら、ぎりぎり理解できますが」

「自分の思い出の地をガイドしたかったんじゃないでしょうか」

「してるように見えますか？」

耕介は首を横に振った。佳奈が避けてるせいもあるだろうが、そもそも夫婦がともに行動している時間は少ない。

「昨日、夜中に目を覚ましたら、あの人が黙って私を見おろしていたんです。そのときは気持ち悪いだけでしたが、今となっては恐怖しか感じません。お願いです。私だけ先に帰らせてくれませんか」

「お気持ちはわかります」

そんな話を聞いたら、耕介も怖くなる。ただ、帰るとなると別の問題が生じる。

「途中キャンセルで手配はできますが、帰りの航空券はほぼ正規の価格になりますので、けっこうかかりますよ。それに、その場合、旦那様も一緒に帰るとおっしゃるのではないかと思います」

あ、と佳奈は声に出した。もし本当に菊沢に殺意があるとしたら、まったく解決にならない。

普通の添乗員なら、帰国を勧めるだろう。事態が手をはなれれば、責任もなくなる。だが、耕介はもはや自分の損得など考えられなかった。

「とは言っても、ではどうすればよいか、私には思いつかないのですが」

佳奈の話を聞いていると、離婚の決意は固く、修復は不可能に思える。何とか菊沢に納得してもらえる方法がないだろうか。

佳奈はすがるような目を向けた。

「せめて、部屋を別にしていただけないでしょうか」

「わかりました。交渉してみます」

直接払いになるが、部屋が空いていれば、それなりの料金で話をまとめられるだろう。

同室者との仲たがいが原因で、別の部屋を用意した経験は何度かある。

「とにかく、何かあったら、すぐに言ってください。ガイドにも伝えておいたほうがいいと思います」

「でも……」

佳奈がためらっていると、ちょうどラシドフが戻ってきた。車をのぞきこみ、太い眉をぎゅっと寄せて、心配そうに問う。

「どうかしましたか？　具合が悪いのですか？」

「そうなんです」

耕介は答えて、佳奈に判断をゆだねた。

「ちょっと、夫婦げんかをしてしまって……。しばらく、夫と顔を合わせたくないのです。手を出す人なので」

ああ、とラシドフはうなずいた。

「それはいけません。夫婦は仲良くしたほうがいいです。できないなら、別れたほうがいいです。私の兄は離婚してますが、髪が薄くなっただけで元気です」

冗談なのか本気なのかよくわからないが、励まそうとしているのだろう。佳奈は力のない笑みを浮かべた。

ラシドフが腕時計を確認して、耕介に顔を向ける。

「国枝さん、彼女をホテルに帰しますか」

サマルカンドは二泊の予定なので、この日もツアー客は同じホテルに泊まる。ホテルに帰って、別に部屋を用意してもらうか。菊沢にはへたな言い訳をするより、佳奈の希望だと押し通すほうがいいだろう。

「そうします。私が付き添いますから、ツアーをお願いします」

耕介はすばやく決断を下した。車を使うから、急がなくてはならない。次の目的地は再びレギスタン広場で、徒歩での移動も可能だが、老齢の参加者が多いので、予定通り車で行かせたかった。ホテルまで佳奈を送ってもらったあと、車はすぐに帰すことになる。一行の出発にはぎりぎり間に合うだろう。

「菊沢さんには、奥様が急病でホテルに帰った、と伝えてください。私は手続きが終わったら、直接レギスタン広場に行きます」

「了解しました。何かあったら、電話してください」

ラシドフには、菊沢も無理は言わないような気がする。耕介は敏腕ガイドに後のことを任せて、ホテルへと戻った。

幸いにして満室ではなく、空いている部屋を押さえることができた。代金は佳奈が支払って、キーを受けとる。それでも不安そうな佳奈に、耕介は笑いかけた。

「私はツアーに戻ります。旦那様はしっかり見張ってますから、安心して休んでください」

ここで、「いっしょにいて」などと言われると、大変に面倒なことになる。だが、幸いにして、佳奈はあっさりとうなずいた。

「わかりました。ありがとうございます」

耕介は路上でタクシーをつかまえて、レギスタン広場に急いだ。到着は、ツアー一行にわずかに遅れただけですんだ。菊沢と耕介以外は、昨夜も来ているので、ラシドフは自由に見学させているようだ。

さっそく、菊沢が寄ってきた。

「妻はどんな具合ですか？　病院には行ったんですか？」

「いえ、ホテルで休んでいます。ちょっと疲れただけではないでしょうか」

菊沢が目を細めて、疑念を露わにした。佳奈の話を聞いたあとでは、善良そうだった顔も陰険に見えてくる。

「妻から何か聞きましたか？」

「いえ、別に」

答える声が不自然に高くなった。菊沢はかすかに鼻を鳴らした。

「あいつは思いこみが激しいところがありましてね。うかつに信用すると、恥ずかしい目に遭いますよ。僕は何度も経験してますから」

まるで佳奈がどう訴えたのか、知っているような口ぶりだ。

「どういうことでしょうか」

「言葉どおりの意味ですよ。佳奈を信じないほうがいい。慣れない土地でストレスが溜《た》まっているようなので、僕も心配しているのですが、どうも様子がおかしくて。いや、僕が悪いのはわかっているんです。無理に旅行に連れてきたわけですから」

耕介は混乱してきた。この夫婦は、互いを「思いこみが激しい」と称している。どちらを信じればよいのか。とりあえず、報告すべきことを報告して、反応を見ようと思った。

「実は、奥様から別の部屋をとってほしいと言われて、手配したのですが、ご承知いただけますでしょうか」

「仕方ありませんね」

菊沢は嘆息した。

「僕の存在がストレス源になっているのは否定できません。それで落ち着くなら、受け入れましょう。追加料金は僕が払います」

菊沢の対応は完璧《かんぺき》に思えた。平静を装っているような様子も見られない。やはり、おかしいのは佳奈のほうなのだろうか。

レギスタン広場の荘重なマドラサが目に入らなくなってしまった。どちらが正しいのか、耕介は答えの出そうにない問題を考えつつ、広場に視線をさまよわせた。

さすがに観光客が多い。西洋人らしきバックパッカーたちも、日本人のツアー客も、地元の人たちも、みな思い思いの場所で、写真を撮っている。広場は文字通り広いので、三つのマドラサを一枚に収めようとすると、外から撮らなければならない。そうすると、人は豆粒のようになってしまう。ウズベキスタンにいると、スケールの大きさに遠近感が狂ってしまいそうだ。人間関係の距離感も狂っていないといいのだが。

「あそこを見てください。黄色い絵があるでしょう」

ラシドフが右手のマドラサを指差して、年配の女性たちに教えている。

「イスラームの建物では珍しい動物の絵です。見えにくければ、写真を撮って拡大してみてください。ライオンです。昔はこの辺りにもライオンがいたのです」

「ライオンというより、トラかヒョウじゃない？」

ひとりが茶化すと、ラシドフは苦笑した。

「私もそう思います。でも、このマドラサの名前のシェル・ドルというのは、ライオンが描《か》かれた、という意味なのです」

やりとりをぼんやりと耳に入れながら、耕介は突っ立っている。視線は菊沢を追っていた。菊沢はまったく普通の観光客に見えた。つまり、マドラサをひとつずつ鑑賞して、スマホのカメラに収めている。とくに、青いドームの優美な曲線が気に入ったようだった。しかし、何度も来ているはずなのに、普通の観光客っぽいのも妙と言えば妙だ。

集合時間になって、ラシドフがツアーの小旗を振った。一行はすぐに集まって、この日の最終目的地、グーリ・アミール廟に移動した。ティムールその人をはじめとするティムール朝の王族たちの墓所だという。

ティムールは西暦一四〇五年、中国の明朝《みん》への遠征途上で病死した。当時の世界で一、二を争う強国が直接対決したら、どのような結果になっていたか、後世の人々の興味は尽きない。

ラシドフが死後のティムールに関する伝説を紹介した。

「ティムールの墓を暴くと祟《たた》りがある。そういう伝説がありました。にもかかわらず、ソ連の研究者が、墓を調査して、柩《ひつぎ》を開けてしまったのです。柩の蓋《ふた》の裏には、『墓荒らしは、私よりも怖ろしい侵略者に襲われる』と記してありました。どうなったと思います？」

ラシドフの質問に一行は考えこんだ。カメラ好きの森平が手をあげる。

「未知の細菌で全滅したとか？」

たしかに、そのような話もどこかで聞いたことがある。洋の東西を問わず、権力者は盗掘を防ぐために知恵をめぐらせ、それでも盗掘者は後を絶たない。

しかし、ラシドフは首を横に振った。

「それからまもなく、ナチス・ドイツがソ連に攻めこんだのです」

一同はいっせいに深い息をついた。なるほど、ナチスはティムールより怖ろしい。

「無神論のはずのソ連当局ですが、祟りが怖かったのか、イスラームの方式で埋葬し直したそうです。一九四二年の出来事です」

グーリ・アミール廟はその後、美しく修復された。今、その青い偉容を一行の前にあらわしている。ドームと門の内側には、凹凸《おうとつ》のある装飾があって、目を楽しませてくれる。だが、似たような建物ばかりではあるので、一行はいささか食傷気味であった。ラシドフも雰囲気を察して、説明をひかえ、年配の客に坐れる場所を紹介している。耕介はレジャーシートを女性グループに提供して、好評を得た。

今日の日程はこれで終わり、ツアー一行は予定通りの時間にホテルに戻った。

「ひとりには慣れてます。心配はいりませんよ」

菊沢はそう言って、自室に消えて行った。佳奈は体調を理由に食事もパスして、部屋から出てこなかった。

7

ツアー三日目は、朝からワゴン車で二時間かけて、シャフリサブスへとおもむいた。サマルカンドから山脈ひとつ越えるこの町は、ティムールの生誕地として有名である。アク・サライ宮殿などティムール朝時代の歴史的建造物が残る地区が、世界遺産に登録されている。もっとも、ややマイナーであるため、ウズベキスタンをめぐるツアーに組みこまれることは多くない。一風変わった旅を紹介する東栄旅行ならではの選択だろう。

「シャフリサブスとは、『緑の町』という意味です」

ラシドフが言うとおり、サマルカンドに比べると木々が豊かである。晴れてはいるものの、気温もそこまで上がっておらず、湿度もある。

「だいぶ肌にやさしいわね」

「ここなら住んでもいいかも」

ご婦人たちがささやきあっている。

菊沢はぽつんとひとりで歩いており、佳奈は女性グループにくっついていた。女性グループの菊沢を見る目が冷たい。佳奈がどこまで説明したのかわからないが、味方についてもらったようだ。

他のメンバーはとくに気にした様子もなく、旅行を楽しんでいる。とくに、植田夫妻の互いを支え合う様子は、耕介にとって清涼剤となっていた。ツアーは一番歩くのが遅い彼らのペースに合わせて進めているが、誰《だれ》も文句を言う者はいない。

シャフリサブスは古い建造物の大規模な修復が進められているが、観光地としてはまだ完成されていない。バザールやレストランでの対応は、素朴さを残している。昼食のプロフ（ピラフ）の味もよく、評判も上々であった。

この日は移動距離が長い。シャフリサブスから、再び車でブハラへと向かう。約四時間の道のりだ。

「本当は高速鉄道に乗ってほしかったのですが、時間が合わなくて使えなかったみたいです」

ラシドフは残念そうだ。ウズベキスタンの高速鉄道は、二〇一一年に首都のタシケントとサマルカンドの間で開業した。その後、ブハラまで延伸されている。タシケントからブハラまでは四時間弱。それまでは一日かけて移動していたから、高速鉄道の完成で利便性が大いに増したらしい。

「鉄道の写真も撮りたかったんだよな。新幹線に似てるんだろ。そのために別のツアーにしようかとも思ったぜ」

カメラ好きの森平が笑う。耕介の添乗するツアーははじめてだが、データによれば、彼は年に一度は東栄旅行のツアーに参加しているお得意様である。

耕介は個人的には、鉄道での移動が組みこまれたツアーが好きだ。長時間の車移動はやはり負担になるし、移動が多いツアーでは気分転換にもなる。ただ、乗り遅れや事故などのトラブルがあった場合のリカバリーが難しいし、荷物を持っての移動になるぶん、リスクも高まる。旅行会社としては、車で通したほうが楽だ。

耕介はお客の振り分けを変えて、菊沢夫婦を別々の車に乗せた。けんかしていることは知られているので、トラブルや気詰まりを避けるために、それがいいと判断した。ふたりも、交代した森平もおとなしくしたがってくれた。

ブハラに着いたのは、日が暮れてからだった。途中、大きな赤い太陽が地平線に沈む光景を見られて、疲れた一行も気力を充填《じゅうてん》させたようだ。

ブハラはサマルカンドと並ぶ中央アジアの古都であり、その歴史は紀元前五百年ころまでさかのぼる。水と緑の豊かなオアシス都市で、交通の要衝にあるため、交易の中継地として、また文化の中心地として栄えてきた。チンギス・ハンの破壊によって、一時衰退したブハラだが、ティムール朝に替わったシャイバーニー朝の首都となって、賑《にぎ》わいを取り戻した。

今のブハラは、世界遺産に登録されている旧市街と、近代的な新市街に分かれている。一行はまず、新市街にあるホテルに入った。ここでも佳奈は、耕介があらかじめ電話で手配しておいた部屋に落ち着き、夫婦別室となった。

ふたりがどうなるか、耕介は気がかりでならない。殺される、などというのは考えすぎにしても、夫婦仲が壊れているのはまちがいないようだ。この旅行を思い出に、円満に別れるというわけにはいかないのだろうか。それでこそ、離婚旅行だと思われる。菊沢に納得してもらえるよう、どこかで話してみようか。

本来、添乗員としては、客のプライベートの領域に関与してはならない。口説く口説かれるはもちろん、プロポーズの手伝いなども、本来はやるべきではない。わかってはいるが、人間として見て見ぬ振りはできない。困っている人はなるべく助けてあげたい。

翌朝、佳奈はやつれた様子で朝食の席に現れた。メイクはしているが、目の下のくまが完全には隠れていない。

「眠れないときは食べるといいですよ。そうすれば、車のなかとかで、いつのまにか寝ています」

耕介の妙なアドバイスを受けて、佳奈ははかなげに微笑した。女性グループのひとりが、体重の乗った右手で肩を張った。

「元気だしなよ。ひとりで生きていくなら、強くならなきゃ」

耕介ははらはらしたが、佳奈はすなおにうなずいた。

「がんばります。でも、こう見えても私、あの人と同じくらい稼いでいるんです」

一瞬、負けん気の強さが垣間見《かいまみ》えた。

朝食を終えた一行は、ブハラ旧市街に繰り出した。

「この街も青が美しいですが、それ以上に見ていただきたいのは、煉瓦《れんが》の形や積み方による装飾です。ひとつの色の煉瓦でも様々な図柄が表現できるのです」

ラシドフの言葉が力強い。

まず、ブハラを象徴する三つの大きな建造物、カラーン・ミナレット、カラーン・モスク、ミル・アラブ・マドラサを見学した。

天を刺すようにそびえるカラーン・ミナレットは、五十メートル近い高さがあって、街のどこからでも見える。近づくと、その雄姿に圧倒されるとともに、壁面の模様が層ごとに異なっていることに気づく。ほぼ砂色一色でも、様々な表情をもつのだ。この塔が建てられたのは十二世紀の初めである。

「このミナレットは、チンギス・ハンの破壊を免れました。その理由について、伝説がつたわっています」

モンゴル軍がブハラを占領したとき、ミナレットを見上げたチンギス・ハンは、帽子を落としてしまった。それを拾いあげて、ハンは言った。

「おれに頭を下げさせた偉い奴だ。壊すのはやめておけ」

それが事実だとすると、チンギス・ハンはなかなか洒落《しやれ》た男だったらしい。

カラーン・ミナレットはブハラの象徴だが、ただの飾りではない。高所から礼拝を呼びかけたり、灯りをつけて灯台のように用いたり、敵の接近を見張ったりと、様々に使われた。なかでも、悪名高いのが、処刑塔としての利用である。罪人を袋に入れ、生きたまま落として処刑していたのだ。

きゃっ、という叫び声が響いた。

佳奈が地面に膝《ひざ》をついている。叫んだのは、後ろにいた女性グループのひとりである。

「どうしました？」

耕介はあわてて駆け寄った。

「大丈夫です。ちょっと眩暈《めまい》がして」

佳奈がふらつきながら立ちあがる。ラシドフの解説に動揺したのだろう。塔から落とされるのを想像したら、耕介だって怖い。殺される恐怖を感じている佳奈なら、気を失ってもおかしくないところだ。とはいえ、ラシドフにはくわしい事情を説明していないから、配慮を求めるのは酷に過ぎる。

　耕介が気配を感じて振り向くと、菊沢がすぐそこに来ていた。

「無理するなよ」

　妻にかけた声は冷たくはなかったが、どこか情を欠いていた。佳奈はふいと顔をそむけた。あからさまな拒絶の意思に、見守る一行がため息をつく。

　このあと、一行はカラーン・ミナレットに登る予定になっていたが、佳奈は回避して休むことになった。

「かなり高さがありますし、中の階段は狭くて急です。高所恐怖症の方や、足の調子が悪い方はやめておいたほうがいいです」

　ラシドフの忠告にしたがって、植田夫妻は登るのをあきらめた。意外なことに、菊沢は登るという。先導はラシドフに任せ、耕介は下に残った。高所恐怖症気味なので、正直に言えばありがたい。

　一行がミナレットの入り口に向かうとすぐに、植田のおじいさんが佳奈に語りかけた。

「あんたも大変そうだけど、生きていれば、いいことがあるからの」

「そうそう、つらいことはやがて自然と忘れてしまうから」

「そりゃあ、ばあさんがぼけとるだけじゃ」

絶妙の掛け合いに、佳奈も笑みを漏らした。

「ぼけてるのはおじいさんでしょ。旅好きのくせに、自分がどこの国にいるのか、よく忘れるんですよ」

「いつでも新鮮な気持ちで旅ができる。こんな幸せなことはないわい。ばあさんもたまに若返って見える」

「いやですわ。けなしたり褒《ほ》めたり、忙しいこと」

ふたりの話を聞いていると、自然と頬がゆるんでくる。佳奈も気分が上向いてきたようで、丸くなっていた背中がまっすぐになっている。何の根拠もなかったが、そのうち一件落着となるような予感がした。

しかし、このとき耕介は、ミナレットの上から四人を見据える血走った目に気づいていなかった。

——8——

ミナレットから無事に下りてきた一行は、モスクとマドラサの見学を終えて、アルク(城塞《じようさい》)へと移動した。紀元前から存在したというブハラの中心で、歴代の主《あるじ》が居城としていた場所である。何度も破壊されては建て直されており、現在は十八世紀頃の石造りの城壁が残っている。

中央アジア諸国は十九世紀にロシア帝国に攻めこまれ、その傘下に入るが、戦闘は激しかった。ブハラでも木造の建築物は多くが焼け落ち、城壁や石畳には大砲や銃の弾痕《だんこん》が刻まれている。

城門の前の広場で、歴史を説明していたラシドフが、ふいに口を閉じた。

「……あとは見学しながらにしましょう。一番の見所は、謁見《えつけん》の間などに残されている木の柱です。彫刻が細かくて美しいのです」

ラシドフには、残酷な史実の説明はしないでくれ、と頼んでおいたのだ。アルクにも、血なまぐさいエピソードがあるらしいが、省略してくれたようだ。

城壁に向かう上り坂の先に城門がある。中に入ってまず城壁に登ったとき、事件は起こった。

耕介は菊沢の動きに注意していたつもりだった。だが、どこかに油断があった。そんな危険なまねはするわけがないと思っていたし、誰を信じていいのかわからない葛藤《かつとう》もあった。根本的な原因は、人の悪意に鈍感なところだったかもしれない。

背後から妻に近づいた菊沢が、首に右手を回した。その手に、光るものがあった。

「ちょっと!」

叫んだ女性が、凍りつく。

菊沢は佳奈を抱えこんで、その首筋に短剣のような刃物を突きつけていた。

「みなさん、さがってください。血を見たくなかったらね」

菊沢の声は鋭くも大きくもなく、沈着にさえ聞こえた。だが、血走った眼《め》にひそむ狂気が、とまどう一行をしたがわせた。

菊沢は佳奈を引きずるように移動し、城壁に背をつけた。見守る一行には、眺めのよさを堪能する余裕はもちろんない。耕介はふたりを遠巻きにする輪のなかで、立ちつくしていた。

「た、助けて……」

絞り出すようにして、佳奈が懇願する。喉元《のどもと》の刃が妖《あや》しく光る。明らかに、イミテーションではない。よく切れそうな刃だ。

「……何をするですか」

たずねるラシドフの日本語が乱れて、動揺を伝える。

「見ればわかるでしょう」

菊沢は左右に視線を送って、むしろ楽しげに答えた。

「妻を罰して、僕も死にます」

一同が絶句する。

「みなさんに迷惑をかけるつもりはなかったんです。申し訳ございません。でも、もう許せませんでした」

「あんた、さっきから、罰するとか許すとか言っとるが、どういう意味じゃ」

植田のおじいさんが問うと、菊沢はそちらに顔を向けた。

「妻は不倫していたのです。その報いを受けてもらいます」

「してません！」

佳奈が必死に否定する。同時に、拘束《こうそく》を逃れようともがくが、喉にあたる刃がその動きを封じた。白い肌に、赤い血がにじんでいる。

「ついさっきも、君は添乗員に色目を使っていたね。わざわざ別の部屋に泊まって、何をしているんだか」

「先ほどは気分が悪くて休んでいただけですよ。私たちもいっしょにいました」

植田のおばあさんが証言するが、菊沢はまったく聞こうとしない。

「添乗員さん、あなたを信用して打ち明けたのがまちがいでした。まさか率先して手を出すとは驚きです」

槍玉《やりだま》にあげられて、耕介は硬直から解き放たれた。あわてて口を開く。

「いやいやいや、そんなことありえないです。私は何もしていません」

「間男はみんな否定するんですよ」

「だって、誤解ですから。本当に」

佳奈の気持ちがよくわかった。あらぬ疑いをかけられて、まるで話が通じない。菊沢の話を信じている者はいないと思うが、それでも好奇の目を向けられるのはつらい。しかし、自分のことより、まずは佳奈を助けなければ。

「とにかく、刃物をおろして、話し合いましょうよ。せっかく楽しい旅行なんですから」

ピントの外れた説得を、菊沢は鼻で笑った。

「そこの広場では、大勢の外国人が殺されたり、攻防戦で多くの犠牲者が出たりしたらしいですね。処刑の場にふさわしいでしょう」

「あんたにそんな権利があるのか」

植田のおじいさんが鋭く問いつめた。

「ありませんよ」

菊沢はこともなげに言った。

「ないから、僕も死にます。それに、妻を愛していますから。みなさんには、ふたりの愛の証人になっていただきます」

言っていることが支離滅裂である。

人だかりが増えてきた。ラシドフがウズベク語で説明して、野次馬を押さえている。菊沢はそちらをにらんだり、城壁の下をちらりと見たり、と落ちつかない様子になってきた。どこかに隙《すき》がないだろうか。

「どうすれば信じてくれるの？」

佳奈が悲痛な声をあげる。

「それとも、嘘《うそ》でも認めて謝れば満足なの？」

菊沢の口元に凄絶《せいぜつ》な笑みが浮かんだ。

「やっぱりやっていたんだね」

「もうそれでいいから、ばかなまねはやめて。あなたにはもっとふさわしい女性がいる。私のことはもう忘れて」

「いや、君以上の女はいないよ。さあ、いっしょに旅立とう」

ツアーで死者を出すわけにはいかない。まして、殺人なんてありえない。何とかして止めなければ。

耕介は必死で頭を働かせた。飛びかかるか？　いや、菊沢が素早そうに見えないとはいえ、運動神経も腕力も並みの耕介が挑んだところで、佳奈が傷つけられるのを止めるのは難しい。短剣を持つ手が少しでもずれたら、佳奈の命はないのだ。説得できればいいのだが、菊沢は話が通じる相手ではない。どこかに突破口を見出せないものだろうか。

耕介は左右を見回して、ラシドフの姿が消えていることに気づいた。助けを呼びに行ってくれたのだろうか。

ツアーの面々は固唾《かたず》を飲んで事態を見守っている。彼らの安全も確保しなければならない。耕介は一歩前に出た。ラシドフに期待して、とにかく時間を稼ぎたい。

「菊沢さん、落ちついて話し合いましょう」

「近づかないでください。妻をひとりで先に行かせたくありません」

「なら、刃物を下ろしたらどうですか」

菊沢は耕介を無視して、佳奈に語りかける。

「最後は君に決めさせてあげよう。刺されるのと、飛びおりるのと、どっちがいい？」

「どっちも嫌。何でもするから助けてよ」

佳奈の声が恐怖にかすれる。

「今さら言っても遅いよ」

菊沢が唾を飲みこんだ。やる気だ。絶望で目の前が真っ暗になる。ふいにシャッター音が響いた。森平がカメラをかまえている。こんなときにどういうつもりなのか。非常識にもほどがある。

菊沢はわずかに集中を乱したようだが、それも一瞬だった。右腕に力がこもる。

「そうだ、クイズ！」

耕介はふいに思い出した。

「菊沢さん、森平さんのクイズの答え、わかりましたか？」

国境をふたつ越えないと海に出られない国は、ウズベキスタンともうひとつどこか。菊沢もその答えを気にしていた。

菊沢は軽く目をみはった。

「ああ、すっきりしてから旅立つのもいいですね。森平さん、答えは何ですか」

森平はカメラを下ろして言い返した。

「奥さんをはなしたら、教えてやるよ」

菊沢がせせら笑う。

「たかがクイズに、そこまでの価値はないでしょう」

「じゃあ、好きにしろ。死ぬ瞬間は撮ってやるから」

森平が再びカメラを用意する。

菊沢の顔が憤怒にゆがんだ、その瞬間である。

右側から棒のようなものが飛んできた。菊沢は思わず、短剣を持った右手で払おうとする。

「伏せろ！」

ラシドフが日本語で叫んだ。拘束を解かれた佳奈が、転がるようにして逃れる。耕介を含む一行も身を低くした。野太い声をあげて、警備員らしき男たちが走ってくる。

菊沢が払いのけたのは、ただの黒い棒であった。乾いた音を立てて落ちたそれを見て、菊沢は失敗を悟った。

言葉にならない叫び声をあげて、菊沢は城壁に手をかけた。よじ登って身を投げようというのだ。

「待って」

耕介は低い体勢から、夢中で飛びついた。菊沢の足に全力でしがみつく。死なせてはならない。

「はなせ！」

もがく菊沢に肩を蹴《け》られた。それでも、耕介はつかんだ足をはなさない。屈強な男たちが駆けつけてきて、菊沢を引きずり下ろした。馬乗りになって抑えつける。耕介は石畳に転がって、蒼天《そうてん》を仰いだ。

なんて美しい青だろう。場違いな感想が頭をよぎった。

「大丈夫ですか」

ラシドフが顔をのぞきこんでくる。

「はい、何とか」

耕介は身を起こして、全身の砂埃《すなぼこり》を払った。腕や肩のあちこちが痛いが、大けがはしていない。

「耳の下あたりが切れてます。あとで消毒したほうがいいです」

触ってみると、手に少し血がついた。これくらいですめば御《おん》の字《じ》だ。佳奈は女性グループに看護されており、他にけが人はいないようで、耕介はほっと息をついた。

しかし、抑えつけられている菊沢を見ると、安堵の気持ちも吹っ飛んでしまった。この件をどう処理すればいいのか。

「あの人たちは警備員ですか、それとも警察ですか」

おそるおそる訊ねると、ラシドフは会心の笑みを浮かべた。

「いいえ、彼らも観光客です。警察や兵隊さんを呼ぶと、おおごとになると思ったので、強そうな人に助けてもらいました」

やはり気の利くガイドである。

棒を投げたのも彼らのひとりだという。右手で防がせるために、わざわざ反対側に回りこんで投げたのだ。耕介の時間稼ぎも少しは役に立ったのだろう。

耕介は深く頭を下げた。

「ありがとうございます。おかげで、最悪の事態を避けられました」

「どういたしまして。でも、これからどうしますか」

「処理はお任せください。当事者以外にはなるべく予定通りツアーをつづけてもらえるよう努力します。あなたも、基本的にひきつづきガイドをしていただければ……。もし警察ざたになったら、通訳をお願いすることになりますが」

「そうならないよう、神様に祈っておきます」

耕介は小さくこぶしを握りしめた。ここからが、添乗員の腕の見せ所であった。

9

めまぐるしい半日を、耕介は何とか乗り切った。問題は報告書をどうまとめるかだ。

事件のあと、一行が昼食をとる間に、耕介は佳奈を病院に連れて行った。幸い、けがはかすり傷程度だったが、心の傷がどれほど深いかはわからない。本人は大丈夫だと言うので、とりあえずホテルに帰って休ませた。

菊沢はパスポートを預かったうえで、運転手に監視してもらっていた。首都のタシケントまで行って、大使館に引き渡そうか、などと考えていたのだが、被害者の佳奈が罰しなくていいと言う。

「先に帰国して、離婚届に判を押してもらって、もう私に関《かか》わらないと誓ってくれれば、それで終わりにします」

「彼のやったことは殺人未遂の罪になると思うのですが、いいんですか」

確認すると、佳奈は微笑した。

「本当は殺す気なんかなかったんじゃないでしょうか」

そうかもしれないし、そうでないかもしれない。当人に佳奈の言葉を伝えると、あっさりした反応があった。

「わかりました。したがいます」

菊沢はその場で念書を書いてサインした。どのみち、離婚は避けられないのだ。今後の人生を考えると、ウズベキスタンではもちろん、日本でも警察の厄介にはなりたくない。

だが、そうした冷静な判断ができるなら、そもそも何であんな行動に出たのか。

「自分でもわからないし、振り返りたくありません。ああするしかないと思いこんでいたんです」

目が覚めたということだろうか。耕介は帰国の飛行機を手配し、日本にいる菊沢の父親に連絡をとった。事情を説明し、身柄の引き受けをお願いする。さらに、しかるべき医療機関を受診するよう勧めておいた。父親は驚いていたが、事件にしなかったことについて、佳奈と耕介に感謝していた。何しろ、証拠写真がばっちりあるのだ。

そこまでしてから、東栄旅行の里見日向子に連絡した。詳細は告げずに、深刻な夫婦げんかで夫が帰国する旨《むね》を報告する。

「他のお客様に問題がないなら、ツアーを継続してください」

当然の反応である。ツアーが中止になったら、旅行会社はたまらない。ただ、口調があまりに冷静なところに、疑いが生じた。まさか、最初からこうなると思っていたのではあるまいな。

「もしかして、あらかじめ離婚旅行だって聞いてました？」

「そうだったかもしれません。そのときはよく意味がわからなかったので」

日向子は口を挟む隙を与えずにつづけた。

「それより、他のお客様の様子を教えてください」

「みんな見てましたので、動揺はありますが、帰国したいというお客様はいらっしゃいません。多少、スケジュールは狂いましたが、継続に問題はないと思います」

「口止めはしてくださいね。昨今はいろいろうるさいですから。それと、奥様のほうは？」

「せっかくだから旅行をつづけたいとおっしゃっています。同じ便で帰らせるわけにもいきませんし、気分転換になるなら、それもいいかと思います。医者も反対はしませんでした」

　口をすべらせたのを、日向子は聞き逃さなかった。

「賛成もしなかったんですか？」

「それは……誰も責任はとりたくないですし」

　追及しようと思ったのに、逆に追及されている。

「まあ、いいでしょう。責任をとるのは国枝さんですから。じゃ、お気をつけて」

　明るく言い放って、日向子は電話を切った。いつものことなので、耕介は意に介さない。他の添乗員であれば、もっと早い段階、たとえば部屋を分けた時点で、旅行会社に連絡して指示を仰いだだろう。だが、相手が日向子なら、「任せます。国枝さんしか対処できませんから。でも、責任はとってください」などと言うに決まっている。だから、耕介も事後報告ですませるのだ。甘えているのは、お互い様かもしれない。

翌日、耕介は菊沢を空港まで送りに行った。菊沢は国内線でタシケントに飛び、そこからソウル経由の便で帰国することになる。

「ご迷惑おかけしまして、誠に申し訳ございません」

菊沢は本心から謝っているようだった。眼鏡の奥の目はおどおどとしていて、昨日のような狂気はうかがえない。

「きっといいことがありますよ」

月並みだが、心からの激励をして、耕介は送り出した。

二、三歩進んで、菊沢が振り返る。

「結局、クイズの答えはどこだったんですか」

まだ気になっていたのだ。耕介は微笑して答えた。

「リヒテンシュタインだそうですよ」

リヒテンシュタイン公国は、スイスとオーストリアに挟まれた小国だ。神聖ローマ帝国の流れを汲《く》む立憲君主国で、公用語はドイツ語である。西のスイスも東のオーストリアも内陸国で、北のドイツとはわずかに接していないため、国境をふたつ越えないと、海に出られない。

「ああ、それは盲点でした」

菊沢はどこかうれしそうに、リヒテンシュタイン、リヒテンシュタインと繰り返した。


一方、ブハラの観光を終えたツアー一行は、耕介も合流して、西のヒヴァへと向かった。砂漠の中の一本道をひたすら車で走る。この移動がツアーでもっとも過酷な行程で、約八時間を要する。次に来るときは、高速鉄道が延伸していることを祈るばかりだ。

とはいえ、ヒヴァはそれだけの苦労をしてでも見るべき街だ。内城（イチャン・カラ）と呼ばれる、城壁に囲まれた旧市街は、この地域の古い都市の様相を今に伝えており、もちろん世界遺産にも登録されている。

もっとも有名な建築物は、十九世紀半ばに建てられた、カルタ・ミナルと呼ばれるミナレットだ。煉瓦色のヒヴァの街で、青を基調とする色彩が鮮やかなミナレットは、ひときわ目立つ。縮尺をまちがえたかのような異常な大きさで鎮座しているのだ。ただし、ミナレットは完成していない。百メートルを超える計画のうち、二十六メートルで工事が止まったままなのだそうだ。

一行は内城にあるホテルに二泊して、まるでファンタジーの世界にいるような体験を堪能した。

そして、飛行機で首都タシケントに移動し、帰国の途につく。耕介はガイドのラシドフと固い握手をして労をねぎらった。この有能なガイドがいなければ、トラブルを収めることができたかどうか。

夫から解放された佳奈は、別人のように活動的になって、旅行を楽しんでいた。ヒヴァのバザールで織物を熱心に見たり、メロンを一度に三個平らげたりと、非日常を満喫したようである。耕介も他のお客も、その姿を見てほっとしたものだ。

帰りの機内で、耕介はアンケートを配りつつ、もう一度、事件については口外しないよう求めた。とくに森平には固く念押しする。

「何度も言わなくてもいいよ。おれだって、そのへんはわきまえてる。あの写真は他人には見せない」

データは万一のために、耕介を通じて佳奈に送ったのち、削除する約束だ。

成田の税関を抜けると、ツアーは解散である。

「みなさん、ありがとうございました。これに懲《こ》りずに、また東栄旅行のツアーをよろしくお願いします。ウズベキスタンが気に入っていただけたなら、オススメは今人気のトルクメニスタンで……」

耕介のあいさつを、一行は誰も聞いていなかった。ぽかんと口を開けて、左方向を眺めている。

「えっと、何か……」

視線をたどって、耕介も絶句した。

スーツケースを引いた佳奈が、迎えに来た男に肩を抱かれて、歩み去って行く。色黒でがっちりした体格の、精悍《せいかん》な男だった。ふたりの姿は恋人同士にしか見えなかった。

第二話
覆面作家と水晶の乙女

第二話

1日目	成田発▶ダラス乗継▶ベリーズ・シティ着▶ サン・イグナシオへ▶サン・イグナシオ泊
2日目	カル・ペチ遺跡▶シュナントニッチ遺跡▶ バートン・クリーク▶サン・イグナシオ泊
3日目	カラコル遺跡▶ベリーズ・シティへ▶ ベリーズ・シティ泊
4日目	ハーフムーン・キー▶ブルーホール▶ ベリーズ・シティ泊
5日目	ブルーホール遊覧▶ラマナイ遺跡▶ ベリーズ・シティ泊
6日目	ATM洞窟▶ベリーズ・シティ泊
7日目	ベリーズ・シティ市内観光▶ダラスへ▶ダラス泊
8日目	ダラス発▶機内泊
9日目	成田着

1

　東栄旅行の里見日向子は、ビジネスパーソンとしてあるまじき悪癖をもっている。こちらが仕事の依頼を受けてから、笑顔で言うのだ。

「よかった。ちょっとワケありのお客がいるので、心配していたんです。でも、国枝さんが引き受けてくれるなら安心です」

　またか、と国枝耕介はため息をついた。

「ワケありって何ですか。そういうことは最初に言ってくれないと困ります」

「でも、国枝さんは言っても引き受けてくれますよね」

　耕介は軽く首をかしげた。そこは普通、「言ったら引き受けない」ではないか。

　もっとも、日向子の言うとおり、耕介は結局は依頼を受けただろう。自分が断っている姿は想像できない。男にも女にも、年上にも年下にも弱い耕介である。ちなみに、日向子は最低でも五歳は年下のはずだが、話しているかぎり、そうは思えない。

黙っていると、日向子は勝ち誇った。

「ほら。結果が同じなら、変に悩むだけ無駄でしょ」

「そういうものかなあ」

詭弁《きべん》にもほどがあるが、抵抗したところで状況が変わるものではない。気を取り直して訊《き》いてみた。

「どういうお客様なのですか」

「作家の先生らしいです。取材旅行だそうで」

「お名前は？　私はあまり小説は読まないので、知らないかもしれませんが」

謙遜《けんそん》ではない。耕介はノンフィクションの類《たぐい》はよく読むが、小説は苦手だった。英語が好きなのに、英米文学ではなくて言語学の道に進んだのは、そのためでもある。

日向子はうれしそうに答えた。

「私も知らないんです」

「マイナーな先生なんですか」

「いいえ、名前を知らないんです」

ぽかんとする耕介に、日向子が天使の笑みで説明する。この微笑《ほほえ》みにだまされて、何人の添乗員が地獄行きのツアーにおもむいたのだろう。

「覆面作家なんです。ペンネームを使っていて、顔はいっさい出しておらず、男性か女性かも不明だそうです」

「でも、実際にツアーに来るんですよね。性別も本名もわかるじゃないですか。秘密にしろってことですか」

「そうなんですが、私たちはペンネームを教えてもらっていないんです。だから、本名とかはわかっても、どの作家さんかはわかりません。あと、他の客には作家であることを絶対に知られたくないので、配慮してほしいそうです」

耕介は頭を抱えたくなった。そんな面倒な依頼、耕介以外に引き受ける添乗員はいないだろう。

「でも、作家さんの取材なら、個人手配のほうが融通が利いていいでしょうに、どうしてツアーなんでしょうか。ひとりだけ便宜《べんぎ》を図るのは無理ですよ」

「私もそう薦《すす》めたんですが、出版社のほうで時間やら予算やらが足りないみたいで、残念なことに。賭《か》けてもいいけど、この取材は失敗しますね」

「よくそんなことが言えますね」

耕介はあきれた。日向子と仕事をするようになって三年くらい経《た》つが、最近ますます、遠慮がなくなってきている。

「もちろん、国枝さんならうまくやってくれるかもって、少しは思ってますよ。けど、旅行会社にも添乗員にもできることとできないことがありますから。予算をけちるような奴《やつ》は、それなりの成果しか得られません。過剰にサービスする必要はないですからね」

そう言ってもらえるのは、正直ありがたい。本来の業務の範囲を超えるサービスを要求されることはよくあって、それに答えてしまう耕介である。依頼主の態度がはっきりしていれば断れる……かもしれない。

「わかりました。できることはやります。その作家さんは事前説明会には来るんですか」

「いえ、同行の編集者の方がいらっしゃるそうです。くわしいことはその人に訊いてください」

事前説明会は、ツアーの参加者に対して、日程や注意事項を説明するものだ。定番の観光地を巡るような初心者向けのツアーでは開催されないが、東栄旅行のツアーではたいてい実施される。

今回のツアーは、中米の小国ベリーズを満喫するものだ。ベリーズは日本人にはなじみの薄い国だが、カリブ海に面した有数のリゾート地であり、世界遺産に登録されている珊《さん》瑚礁《ごしょう》や、マヤ文明の遺跡など、観光資源に恵まれている。ツアーでは、セスナ機に乗ってブルーホールを眺めたり、地下水路を泳いでマヤの遺跡を観《み》に行ったりと、冒険心に富んだプログラムが組まれていた。持ち物や心身の準備など、注意事項がたくさんあって、説明会は欠かせない。

　貸し会議室でおこなわれた説明会はつつがなく終わった。ツアー参加者十名のうち、参加したのは九名。つまり、件《くだん》の作家先生をのぞく全員である。最年長は六十代で、大学生らしき若者のグループがいたため、平均年齢がいつもと比べてぐっと低い。

「添乗員さん、ちょっといいですか」

　軽い調子で声をかけてきた男が、編集者であった。ひょろりと背が高く、猫背気味で頼りない印象がある。高級そうな紺のジャケットを着ているが、酷使のせいか、ややくたびれていた。名簿によると、年齢は三十三歳、名は山縣雅樹《やまがたまさき》という。画数が多くて、書類を書くのが大変そうな名前だ。

　耕介が立ち止まると、山縣は声をひそめた。

「無理なお願いをしてしまって、申し訳ございません」

「ああ、お気になさらず。できるだけのことはしますよ」

　愛想良く応じると、山縣はほっと息をついた。すでに他の参加者は帰りはじめている。

それを確認してから、質問してくる。

「お客同士はやっぱり仕事の話とかするんですか」

「している方もいらっしゃいます。ただ、新婚旅行などで他のお客様と交流しない方も多いですから、そこまで気になさらなくていいと思いますよ」

「はあ……」

うなずきつつも、山縣は心配そうである。新婚旅行を例に出したのは失敗だったか。耕介は前向きになってもらおうと思って訊《たず》ねてみた。

「現地でとくに取材したいところはありますか？　場合によっては、オプショナルツアーの手配ができるかもしれません」

山縣はパンフレットと旅程に目をやって答える。

「いや、これで充分ですよ。過不足ないから、ツアーにしたわけでして」

「小笠原《おがさわら》さんも同じ考えでしょうか」

小笠原というのが、作家の本名である。ちょうど四十歳の男性で、住所からすると、東京湾岸のタワーマンションに住んでいるようだ。

「ええ、それは大丈夫です。添乗員さんがいるツアーのほうが安心だということで」

耕介は思わず笑みをもらした。頼られるのはありがたい。個人旅行に比べれば制約は多いが、ツアーにはツアーのメリットがある。安心安全という面では上だし、移動の効率がよく、コストパフォーマンスに優れる。予算が青天井にならないという点も重要だろう。

ただ、彼らのような事情があれば、話は別である。

「どうしてそこまで秘密にしないといけないんですか」

門外漢ながら、気になるところだった。有名な作家だと、ファンに囲まれてサインをねだられたりするのだろうか。山縣は三秒の間をおいてから答えた。

「……先生……いや、小笠原さんはプライベートを大事にされる方なんです。顔が知られれば、気軽に本屋にも行けなくなる、とおっしゃっていて」

「大変なんですね」

「我々としては、顔を出して宣伝していただきたいところなんですけどね。作家も営業活動が必要な時代ですから」

口にしてから、山縣はあわてて否定した。

「でも、お……先生は売れてらっしゃるので、その必要はありませんけどね」

狼狽《ろうばい》した山縣は、出てもいない汗をぬぐうと、唐突に歩きだした。途中で振り返って、勢いよく礼をする。

「くれぐれもお願いします。それでは」

一番の問題は、あの迂闊《うかつ》な編集者かもしれない。秘密を守るのが得意なタイプではなさそうだ。

秘密にしたいらしいから、あえて訊かなかったが、ベリーズを取材して、どういう小説を書くのだろう。ミステリーやサスペンスか、それとも冒険小説か。マヤ文明の遺跡はおもしろい素材かもしれないが、メキシコのチチェン・イッツァやグアテマラのティカルなどのほうが有名だ。わざわざベリーズを選んだのなら、冥界《めいかい》への入り口とされるATM洞窟《どうくつ》が目的かもしれない。ブルーホールと並ぶ今回の旅行のメインで、アクション映画の舞台になりそうなロマンあふれる場所らしい。耕介も行くのははじめてなのだ。

あまり考えすぎても仕方ない。初ベリーズを楽しみにしよう。耕介は先輩から伝授された添乗員の心得を暗誦《あんしよう》した。

「予習はしっかりすること。あとは行き当たりばったり」

本当は「臨機応変」が正しいのではないかと思うが、大して意味は変わらない。結局、出たとこ勝負なのだ。しかし、だからといって、準備をしなくていいというわけではない。耕介は自他ともに認める凡人なので、基礎ができていないと、応用はできない。初めて行く国には、しっかりと予習をしてから臨むことにしているのだった。

2

十一月某日、成田空港に十人のツアー客が集まった。男子がふたり、女子がふたりの大学生グループ、六十代の夫婦、ひとり旅の中年女性がふたり、そして小笠原と山縣のふたり組だ。シニアのひとり旅が多い東栄旅行のツアーとしては、めずらしくバラエティに富んだ陣容である。

小笠原啓《けい》は、身長こそ低めなものの、筋肉質のがっちりした体格をしていた。ひょろりとした山縣とは好対照である。晩秋の肌寒い日にもかかわらず、白い長袖《ながそで》ポロシャツに黒のクロップドパンツという格好で、昔の映画スターのようなサングラスをかけている。作家という雰囲気は微塵《みじん》も感じられないが、それが逆に作家らしいのかもしれない。

耕介は参加者と名簿を突き合わせ、パスポートを確認した。今回はアメリカ経由なので、ESTA（電子渡航認証システム）申請が必要になる。アメリカの出入国カードをインターネットを通じて事前に提出するもので、忘れると入国できなくなってしまう。また、イラン、イラク、スーダンなどに渡航歴がある人は、ESTA申請は通らないので、ビザを取得しなければならない。ツアーの参加者にはあらかじめ文書で知らせ、電話で確認し、ときには申請を代行する。入国審査で引っかかったときの労力を考えれば、事前の確認はうるさいほどにしておくべきだ。

幸いにして、一行は無事に出発できた。小笠原は耕介には軽く会釈をしただけで、ひと言も発しなかった。山縣とひそひそと会話をかわすのみだ。

大学生グループはふた組のカップルに分かれている。九州からの参加で、冒険サークルのメンバーらしい。カップルでも男同士でも女同士でも、四人そろっても、とにかくよくしゃべる。ツアーを盛り上げるという意味ではありがたいが、あまりうるさいと苦情が出るので心配もある。

グループの男子のひとり、日に灼《や》けた肌をした熊谷健《くまがいたける》は、耕介にもよく話しかけてくる。

「添乗員さんは今まで何ヵ国くらい行ってるんですか」

「ちゃんと数えてはいませんが、三十から五十の間だと思います」

「ずいぶん間が広いですね」

四人がいっせいに笑う。

「添乗員さんて、モテるんでしょう」

よく訊かれる質問だ。耕介の答えも決まっている。

「モテる人はモテますけど、私はさっぱりですね」

添乗員は海外で頼れる存在なので、旅行中は格好良く見える。そして、日本に帰って会うと幻滅。それがよく語られるパターンである。スキー場やビーチでの恋愛と同じだ。しかし、ツアーに妙齢の独身女性が参加する例は多くない。そのなかで、容姿平凡な耕介が好意を寄せられる可能性は……考えると気が滅入ってくる。

「えー、添乗員さんみたいな人、あたしはいいと思うけどなー」

女子のひとり、佐村里穂《さむらりほ》が言うと、笑い声がさらに大きくなった。どうやら、耕介はおもちゃにされているようである。

「国枝君も大変ねえ」

同情してくれたのは、ひとり旅の村瀬啓子《むらせけいこ》女史だ。東栄旅行の常連で、耕介のツアーは三回目である。ショートカットでスタイルがよく、実年齢は五十歳に近いが、三十代でも通用しそうなほど若々しい。弁護士をしていて、稼いだ金はすべて旅行につぎこんでいるらしい。気さくで話しやすい人なのだが、予定が変わるのを嫌がり、サービスにはわりとうるさいので、注意が必要である。

「ところで、あちらの天候は大丈夫なのかな。遊覧飛行機に乗れず、ダイビングもできないなんてことになったらがっかりだから、心配で心配で。何十年ぶりかにてるてる坊主をつくったの」

「予報では、嵐《あらし》になるようなことはなさそうです。ベリーズはまもなく乾期に入りますが、スコールがないわけではありません。空の様子を見ながら、現地ガイドと相談して、ツアーを進めてまいります」

微力を尽くします、と答えて、耕介は知るかぎりの神仏に祈りを捧げた。無宗教の耕介だが、ツアーを成功させるためなら、どの神にでも祈る。

とりあえず人事を尽くすべく、機内では勉強に努めた。ベリーズのガイドブックにマヤ文明の解説書、いずれも日本語と英語のものを両方とも用意している。英語ガイドの説明を通訳しなければならないからだ。

ただ、疲れがたまっていたせいか、うとうととしていて、勉強は進まなかった。一抹《いちまつ》の不安を残したまま、ダラスで飛行機を乗りかえ、ベリーズに到着した。降りたったのは、カリブ海に面したベリーズ最大の都市ベリーズ・シティである。最大といっても、人口は七万五千人ほどで、河口に建物が集まったコンパクトな街だ。飛行機の窓から見ると、紅《あか》い屋根の家が多く、高層ビルはあまり見られなかった。

地上に立つと、もあっとした熱気に包まれた。つい先ほど、スコールが通りすぎたようだ。ちなみに、この日は最高気温三十度、最低気温二十度らしい。今、現地時間で十三時半だから、これから一番暑くなる。

「日本とは大違いだ」

大学生の熊谷たちは、さっそくTシャツ姿になっている。

「頼むね」

覆面作家の小笠原は成田と変わらない姿……と思いきや、ポロシャツが半袖になっていた。サングラスはかけっぱなしだ。機内でも外さないので、キャビンアテンダントから奇異の目を向けられていた。編集者の山縣は小笠原に寄り添うようにして立っている。服装こそオレンジのシャツでリゾート感があるが、緊張したたたずまいはいかにも仕事中である。

一行は大学生たちを含めて旅慣れており、入国審査も荷物の受け取りもスムーズに進んだ。

「ミナサン、ヨウコソ、ベリーズへ」

片言の日本語で、ガイドのヘンリー・ミラーが出迎えてくれた。中年太りの陽気そうな黒人だ。シャツは半袖だが、ネクタイをきちんと締めている。

「ガンバリマスノデ、ヨロシクオネガイシマス」

ミラーは耕介からはじまって、ひとりひとりと握手をしていった。若い女性とは握手の時間がやや長い。

「ベリーズの元首を知っていますか？　エリザベス女王なんですよ」

ミラーは英語に切り替えて、楽しげに語る。

ベリーズはカナダやオーストラリアと同じく、イギリス連邦の一員である。したがって、国家元首はイギリス国王であり、公用語は英語だ。もっとも、住民は白人とインディオの混血メスティーソが多く、スペイン語を話す人が多数派である。また、英語とアフリカ諸語の混ざったクレオール語もよく話されている。英語を母語とする人は多くなく、英語が通じるのは教育の成果だ。

「両替はどこでするのですか」

山縣が質問した。小笠原に言われたらしい。耕介は事前の説明を繰り返した。

「ベリーズの通貨はベリーズ・ドルですが、観光地ではUSドルが使えるので、両替の必要はありません」

「でも、せっかくなので、記念に少し両替したいのです」

もっともな理由である。賛同するお客も何人かいたので、耕介は空港の両替所に案内した。ベリーズ・ドルとUSドルは固定相場なので、空港だからといって割高にはならない。

その後、一行はマイクロバスに乗って、遺跡観光の拠点となるサン・イグナシオの街に向かった。車窓に流れる風景を見ながら、ミラーがベリーズについて説明する。

「ベリーズはユカタン半島の付け根にあって、北はメキシコ、西はグアテマラと接しています。独立したのは一九八一年で、中央アメリカでは一番新しい国です。面積は二番目に小さく、人口は一番少ないです」

耕介は通訳しながら付け加えた。

「面積は四国と同じくらいです。人口は高知市くらいなので、人口密度は低いですね。国土の大半はジャングルです」

ベリーズ・シティを離れると、道路状況が悪くなる。バスは前後左右に揺れ、水たまりの水を撥《は》ねあげて進む。

「ベリーズは自然の豊かな国です。珊瑚礁にマングローブ林、ラグーンに熱帯雨林といった美しい環境に、珍しい動物、色とりどりの鳥や昆虫、カエルなどが住んでいます。そうしたものを見てほしいと思います。また、我々は自然環境の保護に取り組んでいます。プラスチック製品を使い捨てたり、むやみに生き物を殺したりはしません。自然とともに生きるのは、マヤ文明の知恵でもあります」

ミラーの話す英語は流麗なクイーンズ・イングリッシュである。高い教養が感じられる。言語が趣味の耕介は、そうしたことを考え、地元の人が話す言葉を聞いているだけで楽しいが、お客を置いてけぼりにするわけにはいかない。

一行を観察すると、小笠原がぐったりした様子で、窓に額をつけている。サングラスをしたままでも、青ざめているのがわかる。

耕介が席を立って近づいていくと、隣の山縣が言った。

「すみません、車酔いみたいです。止めてもらえるとありがたいのですが」

耕介からミラーへ、ミラーから運転手へ情報が伝えられ、バスは道を逸《そ》れた空き地に止まった。目の前には広大なサトウキビ畑が広がっている。

一行はバスを降りてのびをし、こわばった身体《からだ》をほぐした。陽光はきついが、風があるので、そこまで暑くない。

小笠原は草むらにしゃがみこんで、その背を山縣がさすっている。

「大丈夫かな」

弁護士の村瀬が心配そうに言う。

「これから船に乗ったり飛行機に乗ったりするのに、乗り物に弱いと困るね」

「よく効く酔い止めを持ってきていますので」

「それより、あの人はどういう人なのよ」

訊ねてきたのは、ひとり旅の喜多村咲恵《きたむらさきえ》だ。村瀬と同年代のふくよかな女性で、東栄旅行のツアーは初めてだが、海外旅行の経験は豊富らしい。職業欄には「マンション経営」と記されていたから、かなりの資産家のようだ。着ている服はシンプルな半袖シャツと七分丈のパンツだが、どことなく品があって高級そうである。

「どういう人、と言いますと？」

「あらやだ、とぼけないでよ」

喜多村は耕介の肩をどんと叩《たた》いた。笑いながらだが、体重が乗っているせいか威力があって、耕介はよろめいてしまう。

「あのサングラスにマネージャーっぽい連れ。ズバリ、芸能人でしょ。誰《だれ》なのよ」

耕介は言葉に詰まった。当たらずとも遠からず、なのだが、正解を言えるはずもない。

「何言ってるの」

村瀬が割りこんだ。初対面のふたりだが、すでに成田で意気投合して、気安くしゃべっている。

「芸能人がマネージャー付きでツアーに参加するわけないじゃない」

「でも、そこまで売れてなくて、お金に余裕がないのかも」

「だったらマネージャーはつかないでしょ。それに、マネージャーがつくのは仕事のとき。今はどう見ても、仕事じゃない」

「そうか……」

喜多村は残念そうである。

「あと、国枝君に訊いたって、個人情報を明かせるわけないんだから、困らせたらかわいそうでしょ」

この援護射撃はありがたい。耕介は内心で村瀬に手を合わせた。

「だから、本人たちに訊くか、勝手に推測するかね。私はふたりを観察して、推理するほうがおもしろいと思う」

「えー、あたしは訊いてみようかな。のっぽのほうの人は案外答えてくれるかも」

雲行きが怪しくなってきた。ふたりの中年女性は女学生のようにはしゃいでいる。

耕介はそっと離れて、小笠原に歩み寄った。二メートルほど前から、声をかける。

「調子はいかがですか」

山縣が振り向いた。

「大丈夫です。落ち着きました」

小笠原も立ちあがって、耕介に向かって軽く手をあげた。

「すまん、普段はこんなことはないんだが」

彼の声を聞いたのは、これがはじめてだった。

――3――

マヤ文明は、テオティワカンやアステカなどとともに、メソアメリカ文明のひとつに数えられている。アメリカ大陸の文明は、大航海時代以前、アジア、ヨーロッパ、アフリカなど他の地域との交流がほとんどなかったため、独自の宗教や文化を発展させた。鉄器を持たないという特徴がある。

「畑を耕すのも、獲物を解体するのも、そして戦争するのも、全部石器を使っていたのです。遺跡も石造りです。だから、古い時代の建築物が残っているのです」

ミラーは身振り手振りをまじえて解説する。つられて、耕介も身振りとともに通訳すると、大学生たちが笑い出した。村瀬女史が視線でたしなめる。

マヤ文明は現在の国名で言うと、メキシコ南部、グアテマラ、ベリーズの辺りに栄えていた。紀元前から都市国家が発展し、興亡を繰り返しながら、十六世紀にスペインに征服されるまでつづいていた。八世紀頃が最盛期と言われる。

「もっとも、マヤには統一国家は生まれませんでした。強大な都市はありましたが、帝国として領土を拡《ひろ》げていくことはなかったのです」

「はーい、どうして統一されなかったのですか」

大学生の熊谷が英語でミラーに訊ねた。ミラーが喜んで答える。

「様々な理由が語られていますが、私はジャングルのせいだと思います。マヤも北のほうは乾燥した地域がありますが、多くは密林です。道があったとしても、歩いて移動するのは大変ですし、畑を広げるのも一苦労です。だから、大きな国は生まれにくかったのだと思います」

さらに、マヤには、馬やラクダ、南米のリャマのような輸送用の家畜がいなかった。川も少ないので、舟もあまり使えない。交易も戦争も盛んだったが、移動と輸送は人の力に頼るしかない。面積のわりに移動に時間がかかり、当時の人々には広く感じられていただろう。

「何となくわかる」

村瀬が大きくうなずいた。

「モンゴルを馬で旅したことがあるけど、草原がだだっ広くて、どこまでも行ける気になったもの。ここみたいに、ジャングルに囲まれて遠くが見えないと、地の果てまで征服しようという気持ちにはならない」

ショートカットで活動的な村瀬は乗馬姿も似合うだろう。隣の喜多村は、体形のせいか、やや膝《ひざ》が悪そうな歩き方をしていた。今後、ハードな行程もあるので、気を遣《つか》ったほうがいい。耕介は脳裏に刻んだ。

小笠原はぼうっと突っ立っているように見えるが、話は聞いているようだ。山縣はスマホに向かってずっと話している。最初は何事かと思ったが、どうやら音声でメモをとっているようだ。

一行はサン・イグナシオ近郊のカル・ペチ遺跡にやってきていた。紀元前十二世紀頃《ごろ》から紀元九世紀頃まで、断続的に人が住んでいた小都市の遺跡である。石造りの邸宅や球戯場、神殿などの建物が遺《のこ》されている。三十分ほど歩いてたどりついた遺跡は小高い丘の上にあり、緑豊かな木々に囲まれて、ひっそりとたたずんでいた。

苔《こけ》むした石の壁が、悠久の時を感じさせる。いまだ発掘と研究の途上で、それほど観光地化されていないぶん、歴史の重みがひしひしと伝わってくる。

「ここの見所はマヤ・アーチです。さあ、くぐってみましょう」

ミラーの手振りにしたがって、一行が歩き出す。

マヤ・アーチは、建物の入り口や天井に用いる、アーチに似た建築技法だ。左右から少しずつずらして石を積んでいき、最後は平たい石でふさぐため、上部の空間はアーチのような半円にはならず、三角コーンのような形状になる。エジプトのピラミッドやカンボジアのアンコール遺跡でも使われていた技法である。

カル・ペチ遺跡には保存状態のよいマヤ・アーチが多い。千年以上前に造られたと聞くと、狭くて低いアーチをくぐるのが怖くなるが、強度に問題はない。一行はアーチをくぐって建物に入ったり出たりしながら、散策した。

わいわい騒ぐ大学生、ふたりで写真を撮り合う村瀬と喜多村に対して、小笠原と山縣はほとんど無言である。小笠原はときおり石壁に触れ、過去に思いを寄せている様子であった。サングラスでわからないが、目を閉じているのかもしれない。

ガイドの説明が一段落したので、耕介はそっと山縣に近づいた。

「取材は順調に進んでいますか」

「ええ、おかげさまで」

山縣は長身をかがめるようにしてうなずいた。

「思ったより虫も少ないし、暑さも覚悟していたほどではありません。先生の機嫌も上々です。ただ……いろいろ訊いてくる人がいて……」

山縣の視線の先で、喜多村が振り向いた。山縣がぎこちなく目をそらす。

「答えられないのが、何だか申し訳なくて、困ってしまいます」

その気持ちは耕介にもよくわかる。

「でも、その『先生』というのは、やめたほうがいいかもしれません」

指摘すると、山縣ははっとして口に手をあてた。

「つい、いつもの癖で。普段は『小笠原さん』なんて言いませんから。気をつけます」

しかし、忠告は遅きに失したようだった。喜多村に手招きされて駆けつけた耕介は、さも重要そうに聞かされたのだ。

「のっぽのほうが『先生』と呼んでたのよ。芸能人じゃないみたい。医者か漫画家か作家か政治家か弁護士か……」

弁護士と聞いて、村瀬も黙っていない。

「単に教師かも。あと、税理士とか演出家とか作曲家とか指揮者とか、先生と呼ばれる職業はたくさんある」

「演出家なんていいじゃない。あの人、それっぽい雰囲気があるわよ」

「若いほうは秘書みたいだけど、ふたりでツアーに参加する理由がわからない。仕事ってことはないし、かといってプライベートも変だし」

あれこれと推理をめぐらせるふたりから、耕介はさりげなく離れた。

建物に囲まれた広場で、ミラーが遠くを指さしている。

「あれが次に行くシュナントニッチ遺跡のピラミッドです。森の上に、灰色のものが見えるでしょう」

大学生たちも老夫婦も、ある程度は英語を解するようだ。ミラーの指さす方向を見やって、歓声をあげている。

「やっぱり遺跡と言えばピラミッドだよ。早く行こうぜ」

熊谷が日本語で言ったが、おおよその意味は伝わったらしい。ミラーが集合をかけた。一行はワゴン車に乗って、シュナントニッチ遺跡に向かった。前日とは比べ物にならない悪路だが、酔い止めが効いたのか、小笠原の顔色はいい。最後に小さな川を舟で渡って、遺跡に着いた。

チケットを売る小屋の横から、イグアナが顔を出して、一行を驚かせた。佐村が軽く悲鳴をあげて熊谷にしがみついている。ミラーが笑いながら説明したところによると、ペットというわけではないが、観光客が餌《えさ》をやるので、ここに居着いているらしい。

博物館で予備知識を得たあと、坂道と階段を上って遺跡に向かう。急に視界が開けた。芝生が張りめぐらされた広場の先に石の神殿があり、さらにその向こうに、ひときわ大きな石造りの建築物が現れた。あれが「エル・カスティーリョ」と呼ばれるベリーズで一、二を争う大きさのピラミッドだ。三層構造で高さは約四十メートル、十階建ての建物より高い。

マヤのピラミッドは、階段ピラミッドと言って、階段状に層を重ねたもので、上部は平らになっている。神殿として用いられ、様々な儀式がおこなわれたと考えられている。

ミラーが笑顔を消し、目をぎょろつかせて説明する。

「シュナントニッチとは、マヤの言葉で『石の女』という意味です。十九世紀の終わり頃、女の幽霊が現れて、この場所に来るよう人々に伝えました。それをきっかけに、この遺跡が発見されたのです。幽霊はピラミッドの中に消えたそうです」

耕介もおどろおどろしい声で訳したが、ぎらつく陽光の下では迫力がなかった。怪談話よりも、ミラーの顔のほうが怖かったかもしれない。

シュナントニッチは紀元前から紀元十世紀くらいまで人が住んでいたとされる。最盛期は九世紀頃だという。ピラミッドの他に、王宮や貴族層の邸宅や、球戯場が遺されている。一部は修復されて、往時の面影を伝えていた。

マヤの球戯場では、現代のサッカーやバスケットボールに似た球戯がおこなわれていたらしい。それは単なるスポーツではなく、生贄《いけにえ》を決める儀式であった。勝者が生贄になる場合も、敗者が生贄になる場合もあったという。

「マヤの歴史って、けっこう不気味な話が多いのね」

喜多村が体をふるわせてつぶやいた。遺跡周辺はきれいに整備されて、芝の緑がまぶしいくらいだが、話を聞くと、どことなく陰惨な雰囲気がある。これから訪れる洞窟も、マヤの人々にとっては重要な意味を持っていた。マヤの神話では地下の世界にも神が住んでいて、そこは冥界であるとともに、生命の起源でもある。

「そうそう、生贄なんて野蛮だ」

村瀬女史がもらした言葉に、重々しい声が応じた。

「昔の人は生と死の概念が今とは違うんだ。現代の価値観で是非を論じる意味はない」

発言の主が小笠原だったので、村瀬は目を丸くした。これまで、食事の席でもほとんどしゃべっていなかったのだ。

「何なの、急に」

言い方が喧嘩腰《けんかごし》だったので、耕介はひやりとしたが、小笠原は太い肩をすくめただけで、足を速めて離れた。隣を歩く山縣が、あわてた様子で話しかけている。

「そんなこと、わかりきってる。その上で感想を言ってるの。ねえ」

話をふられた耕介はとりあえずうなずいて、話題を転じた。

「そういえば、マヤの予言ってありましたよね。二〇一二年に人類は滅亡するとか」

「あったあった。暦がどうとかね。ああいうのって、広めるほうも絶対信じてないでしょ」

マヤ文明は、精緻《せいち》な暦を使っていたことで有名である。その暦のひとつが、たまたま西暦二〇一二年で終わっていたために、終末論が出てきたのだ。もちろん、世界は終わることなく、今もつづいている。

村瀬は機嫌を直したようで、ピラミッドの階段を軽快に上っていく。耕介は遅れ気味になっている喜多村の横についた。

喜多村は立ち止まって汗をぬぐった。ペットボトルのミネラルウォーターを口に含んで、またゆっくりと歩き出す。

「無理しなくてもけっこうですよ。下で待ってらっしゃるご夫婦もいらっしゃいます」

六十代の小島《こじま》夫妻は、他人に興味がないようで、ふたりだけで行動している。自分たちのペースを守って無理をしないので、添乗員としてはありがたい。

喜多村はのほほんとした外見のわりに、限界に挑戦するタイプであった。

「大丈夫よ、これくらい。でも、あなたは見かけによらず、足腰が強いのね」

「意外に体力勝負の仕事ですから」

ツアーにかぎらず、観光はかなり歩くものだ。最近は年配の方向けに、パンフレットにどれくらい歩くか記載しているツアーも多い。東栄旅行では、今回のようにジャングルや砂漠を歩くツアーもあるから、なおさら体力が必要になる。

「あたし、わかったのよ。マヤは階段の文明よ。きっと明日もうんざりするほど上り下りがあるんでしょ」

「たしかにそのとおりです。でも、きつかったら、本当に休んでいてかまいませんから」

「いいや、無理しても上るわ。だって、苦労しないと絶景は見られないでしょ」

喜多村は正しかった。エル・カスティーリョの上からの眺めは、絶景と称するにふさわしかった。どこまでも緑のうねりがつづき、ところどころに細い川筋や、広場が視認できる。遠くには畑らしき広がりもあった。丘の上に高くそびえているから、四方を見下ろせるのだ。ジャングルを鳥瞰《ちょうかん》する機会など、滅多にあるものではない。神とは言わないまでも、王になった気分は味わえる。

記録係と化した編集者の山縣が夢中で写真を撮っている。その横では、小笠原は腕組みをして、下界を睥睨《へいげい》していた。

「小笠原さん、いかがですか？　いい眺めでしょう」

サングラス越しの視線が、耕介をとらえる。

「まあな」

そう言うと、小笠原はさっさと階段を下りていった。

―― 4 ――

ベリーズはイギリスの植民地であったが、食事はイギリス風ではない。隣国のメキシコなどと同じように、伝統料理にスペイン料理などの要素を加えたものだ。トウモロコシを中心に、豆類やキャッサバ、バナナなどをよく食べる。味付けは暑い国らしく、トウガラシをはじめとしたスパイスを用いるほか、ココナッツも使う。肉は鶏や七面鳥が好まれ、魚介類もメニューに載せられる。

ツアー一行は、サン・イグナシオに戻って、レストランで昼食をとっていた。

まず、前菜としてガル・ナチョスが運ばれてくる。トウモロコシの粉でつくった薄焼きパンたるトルティーヤの上に、チーズとキャベツや人参《にんじん》などの野菜を載せたものだ。タバスコのような辛いソースをかけて食べる。

「ビール！」

大学生の熊谷が叫んだ。たしかに、パサパサした食感とピリリとした辛味はビールによく合う。耕介は注文をまとめながら、釘《くぎ》を刺した。

「午後はカヌーに乗りますから、お酒はほどほどに。一杯までにしときましょう」

「えー」

熊谷はお約束のように口をとがらせたが、抵抗する気はないようだ。小笠原はよく飲みそうな外見だが、注文したのはグアバジュースだった。

メインはココナッツ・ライスにチキンシチュー、それに豆のスープ、サラダ、揚げバナナがついて、ひとつの皿に載せられていた。スープは素朴な塩味、シチューはトマトベースで肉の旨味《うまみ》がよく出ている。

この日は大きなテーブルでの食事なので、全員の顔を見渡せた。

「おれはもうちょっと濃いほうがいいな」

大学生たちは辛そうなソースをかけてシチューをかきこんでいる。村瀬がココナッツ・ライスを口にして顔をしかめた。

「インドや東南アジアではよくあるけど、日本人にはなかなか、ね」

隣の喜多村は大きな口を開けておいしそうに食べている。

「あら、あたしは好きよ。カレーやシチューには合うじゃない」

あれこれと感想を言い合うふたりをよそに、小笠原と山縣は黙々と食べている。村瀬が矛先を小笠原に向けた。

「小笠原さんはよく海外に行かれるのですか」

口調は友好的だが、瞳《ひとみ》は真剣である。弁護士らしく、対話で情報を引き出そうというのだろう。小笠原はグアバジュースのグラスをおいて、ゆっくりと首を横に振った。

「二、三年に一度、といったところだ」

「どうしてベリーズに？」

隣の山縣が緊張した面持ちで見守っている。小笠原は低い声で答えた。

「ブルーホールが見たくてね」

　当たり障りのない返答である。ベリーズ旅行の最大の売りはブルーホール遊覧飛行だ。海に開いた巨大な青い穴を空から見る、ロマンあふれるイベントである。それをネタに小説を書くのだろうか。

「あら、私もよ。天気が崩れないよう祈らないとね。あなたは？」

　話をふられた山縣が、びくりと長身をふるわせた。

「あ、いえ、私は……」

　注目を浴びて、山縣はうつむいた。ややあって顔をあげ、助けを求めて耕介を見やる。耕介は頭のなかのメモを調べた。山縣とは海外旅行経験について少し話をしていた。

「山縣さんは毎年カジノに行ってるんでしたっけ？　海外は慣れてらっしゃいますよね」

「ええ、まあ。マカオが主ですが」

「へえ、意外。儲《もう》かるんですか？」

　熊谷が食いついた。

「勝つときも負けるときもあるけど、トータルだとプラスかな。一回スロットで大当たりしたことがありましてね」

「すごいなあ。今度、教えてくださいよ。興味はあるんですけど、怖くて入れないので」

「ギャンブルは自分で稼ぐようになってからにしな」

村瀬が口をはさむと、熊谷はそれもそうか、と笑った。人によってはむっとするような指摘でも、笑って受けとめるキャラクターは貴重である。

「こいつ、けっこう稼いでますよ。スマホアプリとかつくってるんです。これでも社長ですよ」

仲間に言われて、熊谷は苦笑した。

「それはまあ、どうでもいいじゃん。学生なのはまちがいないんだから」

そういえば、東栄旅行のツアーは学生向けの価格ではない。裕福な家なのかと思っていたが、自分の収入があるとは驚きだ。耕介が学生の頃は、アルバイトをして遊興費に充《あ》てるのがせいぜいだった。

それをきっかけに話題が変わったのでほっとしていたら、コーヒーを飲み終えたところで、喜多村が爆弾を投じた。

「ところで、おふたりはどういう関係なんですか」

ふたりというのはもちろん、小笠原と山縣のことだ。問われた小笠原は、顔を山縣に向けた。どう答えるか、試すような雰囲気だ。

「えっと、私は……その……弟子、弟子みたいなものです」

「何の？」

　当然の疑問である。

「それはまあ、企業秘密ということで」

　山縣はあからさまに逃げた。喜多村はさらに追及するつもりだったようだが、そこで時間切れ、出発の時間となった。呼びに来たミラーは怪訝《けげん》そうである。

「みなさん、どうかしましたか？」

「いや、何でもないよ。行こうぜ」

　元気な熊谷を先頭にして、一行はバスに乗りこんだ。小笠原は好奇の視線に動じず、大股《おおまた》で歩を進めていたが、山縣はしきりとタオルで汗をぬぐって落ちつかなかった。

　行程が進むほどに道が悪くなるようである。バスは未舗装の道を進み、小さな川を横切って、目的地に到着した。バートン・クリークと呼ばれる鍾乳洞《しょうにゅうどう》である。洞窟の中に水路が通じており、カヌーを漕《こ》いで入っていく。

「マヤの神話では、天上の世界に十三、地下の世界に九の神々がいるとされます。死んだ人の魂は地下世界を通って天に昇ります。その地下世界への入り口が洞窟なのです。この洞窟でも、様々な儀式がおこなわれていました」

一行は洞窟の前の淵《ふち》にカヌーを浮かべていた。三人乗りで、耕介は小笠原と山縣のペアに同乗する。ライフジャケットを着こんだ小笠原は窮屈そうである。サングラスはまだ外していないが、洞窟に入ったらどうするのだろう。

水は薄茶色に濁っていて、やや冷たい。急に日が翳《かげ》って、雰囲気を盛り上げる。これから、冥界へと入っていくのだ。

「ツアーの後半でATM洞窟にも行きますが、そちらは写真撮影が禁止されています。こちらで写真を撮っておきましょう」

耕介は全員に聞こえるように呼びかけた。事前に説明しているが、念を押しておいたほうがいい。

崖《がけ》を割るようにして口を開けている洞窟に近づいていく。耕介はライト係として先頭に坐《すわ》っていた。前方を照らしつつ、体勢を低くして、ふたりが見えやすいようにする。

「今日は水量が多いので楽です。水が少ないと、舟がぶつかったり、浅瀬に乗り上げたりして大変なんです」

ミラーの声が洞窟に反響する。

思ったより、水路は広かった。二メートルくらいだろうか、横に三艘《そう》並んでも充分な幅があり、天井もおおむね高い。ライトの灯《あか》りに、鍾乳洞の滑らかな岩肌が浮かびあがる。

ところどころ青くなっているのは、マヤ時代に染色されていた跡だ。マヤでは、生贄の人間を鮮やかな青色で染める風習があったという。青いのは、生贄の儀式がおこなわれていた場所かもしれない。そう考えると、背中を冷気がなでていく。

　フラッシュの光が走り、シャッター音がつづく。小笠原と山縣はひと言もしゃべらない。厳《おごそ》かな雰囲気に包まれて、にぎやかな大学生たちも、口数が減っている。

　奥へ進むに連れて、気温が下がっていくようだ。垂れさがっている鍾乳石から水滴が落ちて、波紋を広げる。自然の洞窟ゆえ、ライトがなければ真《ま》っ暗闇《くらやみ》である。マヤの人々は、松明《たいまつ》を手に、奥まで進んだのだろう。

　三十分ほどで、開けた空間に出た。洞窟はまだつづくが、観光客が来られるのはここまでである。

　浅瀬に乗り上げるようにカヌーを止めて、耕介は振り返った。小笠原はサングラスをかけたままであった。おせっかいだとは思うが、いちおう訊ねてみる。

「小笠原さん、見えてますか」

ああ、と小笠原はうなずく。

「照らしてほしいところがあったら、言ってください」

小笠原の指示にしたがって、ライトを動かし、剣山を逆さにしたような鍾乳石や、ひだが重なったような壁を映しだす。山縣が盛んにフラッシュを焚いている。

洞窟の中にいると、外界から隔絶されて、過去をさ迷っているようにも思われる。はるか昔のマヤの人々の息づかいが、生贄の絶望が伝わってくるようだ。ただ、小笠原が言うように、昔の人は現代人とは違う価値観で生きていた。死後の世界を信じていたなら、生贄となるのも苦痛ではなかったのかもしれない。

「はい、では、元の世界に戻りましょう」

ミラーの声で、一行は我に返った。

カヌーを漕いで水路を戻っていくと、やがて細い光が見えてくる。さらに漕ぐと、光あふれる外の世界に躍り出る。

「何だか、新しく生まれてきたみたい」

村瀬の感慨が、みなの思いを代弁していた。

―― 5 ――

目覚ましが激しく鳴りひびいた。

耕介はすばやく止めて、さっと起きあがった。もともとどこでも眠れるタイプだが、この仕事についてから、寝起きもよくなっている。添乗員が寝坊するわけにはいかない。

　顔を洗って廊下に出て、部屋割り表を見ながら、ドアをノックして回る。このホテルは部屋に電話設備がないので、モーニング・コールならぬモーニング・ノックが必要なのだ。返事があるまで叩くため、手が痛くなってくるが、弱音を吐いてはいられない。お客がひとりでも寝坊すると、スケジュールが大幅に狂ってしまう。この朝は学生たちの寝起きが悪く、時間がかかってしまった。

　三日目は、一日かけて、カラコル遺跡をじっくりと見学する日程になっている。朝食をとった一行はホテルを発《た》って、ワゴン車でグアテマラ国境に近い遺跡に向かった。相変わらず道は悪く、車は激しく揺れる。

「オフロードを進むのは悪いことばかりではありません。運が良ければ、野生のトゥーカンが見られます」

　トゥーカンというのはオオハシ科の鳥で、ベリーズの国鳥となっている。オレンジ色の大きなくちばしが特徴で、どことなくユーモラスな風貌《ふうぼう》をした鳥だ。

　一行は窓の外の森に目を凝らしたが、運が悪いのか、それらしい鳥は見られない。耕介は木々をつたうサルを見たが、ミラーに伝えようとしたときには、すでに緑の向こうに消えてしまっていた。

「明日は鳥や動物がたくさん見られますから」

ミラーがなぐさめる。

「今日は遺跡を楽しみにしましょう。カラコルはベリーズ最大の遺跡です。昨日のピラミッドより高い神殿もあります」

カラコルのあたりには、紀元前七世紀あたりから、人が住みはじめたという。三世紀には都市が生まれ、しだいに領域を拡大して、周辺の都市と抗争を繰り広げた。カラコルは当初、マヤのジャングルでは最大の都市であるティカルに従属していたが、他の都市と同盟して、ティカルを滅ぼしたこともあった。その後、この地域の他の都市と同じく、十世紀には衰退したらしい。

休憩を挟みながら二時間ほど走ると、また道がよくなった。それからしばらくして、ようやくカラコル遺跡に到着する。乗り物に弱い小笠原は、吐くにはいたらないまでも気分が悪かったようで、ぐったりとしていた。無精ひげをはやした頬《ほお》がこけているようにも見えた。山縣が荷物を持ち、手をとってワゴン車から下ろす。

「大丈夫ですか？」

ミラーに問われて、小笠原は弱々しく笑った。おそらく、大地に立てば回復するだろう。他のメンバーも楽ではなかったようで、のびをしたり、尻《しり》をさすったりしている。

元気な熊谷はさっそく歩き出そうとして、仲間に止められていた。迷子になっては困る。ツアーでの迷子は少なくないが、場所や状況によっては命の心配をしなくてはならない。耕介が過去に担当したツアーでは、翌日まで見つからず、大使館に保護されていたという事件があった。北アフリカのモロッコでの出来事で、最悪の事態を考えて、一睡もできなかった。

「あまり列から離れないでくださいね。ジャングルに迷いこんだら、シャレになりませんから」

耕介は注意したが、その必要はなかったかもしれない。熊谷の硬直した視線の先に、銃を持った兵士がいた。万一に備えて、ツアー客は軍が警護してくれるのである。

「銃なんて、別に珍しくないでしょ」

村瀬が旅慣れたところを見せる。もっとも、武装した兵士は怖くないが、彼らがいなければならない環境には警戒するべきだろう。盗賊団などが出るおそれがあるのだ。

森の中を少し歩いて、遺跡に到着した。案内図と模型の前で、ミラーが説明する。

「カラコルというのは、スペイン語でかたつむりという意味です。かたつむりや巻き貝の化石がよく見つかるのでそう名付けられました。カラコル遺跡の領域は二百平方キロメートルに達していました。人口は多いときで約十五万と推定されています」

東京ドームに換算すると四千個を軽く超える。それだけ拓《ひら》けた土地があったわけではなく、ジャングルの中に集落が点在し、その周りに最低限の耕地が広がっていたようだ。遺跡として発掘や修復が進み、管理されているのは、中心地の一部である。

ジャングルにあるマヤ遺跡は、スペインの植民地時代に発見されたものもあれば、カラコルのように二十世紀になってから見つけられたものもある。鬱蒼《うっそう》とした密林を歩くと、忽然として現れる巨大な建造物。それを発見したときの気持ちを想像すると、胸が熱くなってくる。驚きか喜びか、それとも恐怖か。

サルの鳴き声が響きわたって、探検気分を盛りあげてくれる。ホエザルの群れが近くに来ているらしい。

遺跡には、住居から祭壇、神殿、球戯場、貯水池などの様々な建物があるが、最大ののはカーナ神殿である。マヤの言葉で、「空の神殿」という意味だそうだ。

「でかっ！」

大学生たちが、わかりやすい感想を口にした。横幅が百メートル、奥行きが百二十メートルというから、桁外《けたはず》れだ。さっそく写真を撮ろうとした山縣が右に左に動いたすえに、困惑してカメラをおろした。全景を収めるのはとうてい無理だ。

森に抱かれるようにそびえる神殿は三層構造になっており、二層の土台の上に、神殿の本体が載っているのだが、上層には広場もある。そこまでは正面の階段を上っていくことになる。

「やっぱり、階段なのね」

喜多村がため息をつきながらも、一歩を踏み出した。若者たちは軽快に、小笠原と山縣は支え合うように寄り添ってあがっていく。

それにしても、これだけの石を切り出して運んで積みあげる。どれだけの労力が必要とされるのか。エジプトのピラミッドもそうだが、気が遠くなりそうだ。

「これはピラミッドじゃないの？」

熊谷の問いに、ミラーが答える。

「あまりそう呼ばれませんが、形から言えば、ピラミッドの一種にちがいありません」

底面が四角形で、階段状に積みあげていく建築物は、完全な四角錐でなくても、ピラミッドと呼べる。世界各地に、そういう遺跡は多い。

カラコル遺跡の見所はまだある。神殿の下層部に、壁面彫刻が残されている部分がある。神の姿を漆喰に彫りこんだものだ。ところどころが丸みを帯びた立体的な彫刻で、同様の意匠はマヤ文字にも見られる。

小笠原が彫刻を熱心に観察していた。記録係の山縣がいろいろな角度から写真を撮っている。ミラーが耕介の背後でささやいた。

「あれはレプリカなんですけど、言わなくていいでしょうか」

本物は博物館にあるらしい。遺跡の見学ではままあることだ。耕介は山縣にだけこっそりと伝えた。

「ああ、そうなんですか。でも、形は正確に写しているんでしょう。どっちでもいいですよ。先生にはあとで言っておきます」

歴史好きの人だと、本物を見たがることが多いが、山縣はとくに関心がないようだ。

耕介は個人的な興味にかられて、マヤ文字の刻まれた石碑を見て回った。残されているものは風化が進んでいて、文字ははっきりとは読めないが、千年以上前の歴史の記録だという。どういう発音をしていたのか、文法と文字の関係はどうか、など、言語学的な興味はつきない。

マヤ文字は象形文字の一種である。動物や人の顔をかたどった文字が多い。漢字のような表意文字と、ひらがなのような表音文字が混ざって書かれているのが、日本人にとってはおもしろい。

「マヤ文字はどれくらい解読されているのですか」

耕介はミラーに訊ねた。だいたいのところは予習しているが、解説を引き出すための質問だ。

「碑文の解読はかなり進んでいます。それによって、何年に戦争があったとか、王が交代した、などの歴史がわかるようになりました。しかし、書物はほとんどが燃やされてしまったので、宗教や文化については謎《なぞ》が多く残されています」

マヤ語の書物を焼く、すなわち焚書《ふんしょ》をおこなったのは、ディエゴ・デ・ランダというスペイン人宣教師であった。十六世紀、この地に赴任したランダは、マヤの人々を激しく弾圧し、独自の文化を否定して、キリスト教を押しつけた。その残虐《ざんぎゃく》ぶりは、当時のスペイン人からも非難されるほどだったという。しかし、一方でランダは、当時のマヤの文物についてくわしい書物を著し、マヤ文字とラテン文字の対照表も作っている。そのおかげで、二十世紀になって、マヤ文字の解読がなされたのである。

「変な人ねえ。破壊と保存と、両方やったわけ？　マッチポンプってやつ？」

村瀬女史が眉《まゆ》をひそめた。

「別に変ではない」

低い声で応じたのは小笠原だ。

「人は誰しも二面性を持っている。それが極端に出ただけだろう」

一同に注目されて、小笠原は照れたように後ずさったが、サングラスに隠れて表情はわからない。隣の山縣は渋すぎるお茶を飲んだような顔をしている。

「何だか偉そうな言い方ね。専門家なの？」

村瀬がつっかかると、小笠原は首を横に振って、背を向けた。

「ちょっと」

一歩踏み出した村瀬が、何かに気づいたように、口を閉じる。

「ま、いろいろあるか」

どうやら衝突は避けられたようだ。耕介はほっとして、説明をつけくわえた。

「一般に、古代文字が解読されるには三つの条件があります。まず、充分な量のテキストがあること。次に、文字で表される言語が残っていること。そして、ロゼッタストーンのような訳文や対照表があること。このうち、ふたつくらい満たせば、解読の可能性は高まります。ひとつだと厳しいですね」

マヤ文字は石碑や出土物に刻まれたテキストが中心で、潤沢《じゅんたく》とは言えないが、解読できるだけの量はあった。当時から変化はしているが、マヤ語族の言語は現在でも使われている。そして、ランダの対照表が残されている。この対照表は不完全で、まちがっていると断定する学者が多かったが、結局は解読の役に立った。

「珍しく熱く語りますね」

熊谷に言われて、耕介は頭をかいた。

「言語学を少しやっていたもので。読むのは苦手なんですが」

耕介の立場で、あまり熱く語るのもよくない。お客が引いてしまう。

遅めの昼食の時間になった。休憩所で持参のサンドイッチを食べたあと、帰途につく。この日でサン・イグナシオ滞在は終わり、一行はさらにバスに乗ってベリーズ・シティに移動した。一日の乗車時間は七時間を超えるので、みな疲労困憊《こんぱい》である。

とくにトラブルはなかったものの、小笠原はあれからひと言も口をきかなかった。このまま何事も起こらずに日本に帰れればいいが、ふたりに意味ありげな視線を送る村瀬の様子を見ていると、あまり楽観的には考えられなかった。

6

四日目はこれまでとがらっと趣向を変えて、ベリーズの自然を堪能《たんのう》する予定が組まれている。宝石のような小島《キー》が浮かぶカリブ海をクルーズ船で回り、さらにブルーホールの珊瑚礁でシュノーケリングも楽しむ。

一行は色の鮮やかなビーチリゾート向けの服装が多い。大学生たちは水着の上にラッシユガードやカバーアップを着ていて、いつでも海に飛びこめる状態である。小笠原も黄色いアロハを着ていた。山縣がひとり襟つきのシャツに、長ズボンをはいている。

「日頃のおこないがいいと、こうなるの」

晴れわたった空に、村瀬はご満悦である。南国の太陽は朝から燦々《さんさん》と輝き、空の青と雲の白を際立たせている。風がさわやかなので、そこまで暑さは感じないが、対処しなければひどい日焼けに見舞われるだろう。

セルリアンブルーの海を切り裂いて、クルーザーが進む。

カリブ海は、南アメリカと中央アメリカ、それにキューバやジャマイカなどのアンティル諸島に囲まれた水域だ。東は大西洋で、ユカタン半島の反対側がメキシコ湾になる。過去には海賊が横行する海として有名だったが、今では世界でも屈指の美しい海として知られている。リゾート地としてはメキシコのカンクンの人気が高いが、ベリーズの島々も負けてはいない。

小島のひとつハーフムーン・キーに上陸する。白い砂浜と透きとおる海、椰子《やし》の木の緑がまぶしい。歩いてすぐに一周できるほどの小島だが、自然保護区になっているため、鳥も魚も非常に多い。喉の赤いグンカンドリが飛んでいるのを、ミラーが見つけて指さす。歓声があがる。

まずはこの島でシュノーケリングだ。沖合のブルーホールに行く前に、浅瀬で海に慣れてもらうのだ。

小笠原と山縣を除くお客は水着に着替えて海に出た。ふたりは泳ぎが苦手なので、シュノーケリングはキャンセルすると、あらかじめ伝えられている。

「泳げなくても楽しむ方はいらっしゃいますよ。せっかくだからいかがですか」

耕介は誘ってみたが、ふたりは肯《がえ》んじなかった。取材の必要がないということだろうか。無理強いしても仕方がない。島を散策したいというので許可した。ミラーから自然保護のための注意事項を聞いて、ふたりは出発する。

耕介はもちろん、海には入らない。ミラーと一緒に陸上で待機して、不慮の事故やトラブルに備えている。

「あのふたりは旅行の視察とかかい？　旅行と言うより、ビジネスに来ているような雰囲気があるぞ」

ミラーの観察眼もなかなか鋭い。耕介は首を横に振った。

「くわしい目的は聞いていないんだ」

「そうかい。客の間に温度差があるともめることがあるから、気をつけたほうがいいぞ」

ミラーによれば、日本人のツアー客はおとなしいので楽だという。一日ツアーでバックパッカーなどを相手にしていると、よく喧嘩に遭遇するらしい。政治的に対立している国の出身者が一緒になると、案内するほうが緊張する。カップルが喧嘩になって、ツアー中に別れることもあったそうだ。

「実は俺《おれ》の女房がそうなんだけどな。ガイドの俺に惚《ほ》れて、当時の男を捨てたんだ」

耕介は目を点にして聞いていた。ミラーは自慢げだが、我が身におきかえると、とんでもない話である。

「おまえは結婚していないのか？　まだだって？　情けない。俺の友達のガイドは、三回結婚して三回離婚してるが、相手の国籍が全部違うんだぜ。それから、俺と同じ名前のアメリカの作家は、五回も結婚したらしい。最後の結婚は五十も年下の日本人だって」

客を相手にしているときと違って、ミラーはスラングを交えながら、饒舌《じょうぜつ》に語った。本当か嘘《うそ》かわからないし、半分は下ネタだったが、耕介は大笑いしながら聞いた。

「おまえはいい奴だな。笑いっぷりがいい。日本人離れしてる」

なぜか褒められてしまったが、笑ってばかりいるわけにもいかない。客の求めに応じて、水やタオルを届けたり、写真を撮ったりと、耕介はかいがいしく働いた。

やがて、昼食の時間になった。すでに肉の焼ける匂《にお》いが漂ってきている。それに釣られて、一行が集まってきた。

「おっ、バーベキュー。これを楽しみにしていたんだ」

大学生たちがはしゃいでいる。鶏《とり》や牛の串焼《くしや》き肉が次々と運ばれてきた。これにバーベキュー・ソースやサルサ・ソースをつけて食べる。青空の下で頬張る肉は格別だ。野性味が絶好のスパイスになっている。

いつのまにか戻ってきた小笠原と山縣も、串を手にして機嫌がよさそうだ。ただ、喜多村はあまり肉が進まないようだ。

「あたしはこういうのは苦手なの。昨日のお魚のトマトソース煮、あれはよかったわ。この歳《とし》になると、肉より魚ね」

そう言われて、黙って坐っているわけにはいかない。耕介はキッチンにシーフードがあるかどうか訊きに行った。魚と貝があるというので、希望した喜多村と小島夫妻の分だけ、肉に換えて焼いてもらう。香ばしい焼き魚に持参の醤油《しょうゆ》を添えて持っていくと、三人は目を輝かせて喜んだ。

食事のあと、少し休憩してから、再び船に乗った。沖合のブルーホールへと向かう。

ベリーズの珊瑚礁は、オーストラリアのグレート・バリア・リーフに次ぐ世界で二番目の大きさで、世界遺産にも登録されている。美しい珊瑚礁はもちろん、マナティやウミガメといった大型の海洋生物も目を楽しませてくれる。一行が乗る船にも、イルカの群れが伴走してくれた。

「きわめて珍しいことです。みなさんは幸運ですよ」

ミラーが大げさに喜んで見せ、耕介にこっそりとウインクを寄こした。実際にはよくあることなのだろう。だが、お客が感激してくれるなら、それが一番だ。

大学生たちが舷側《げんそく》でイルカに手を振っている。村瀬と喜多村もその輪に加わっていたが、村瀬がひとり離れて、船室に引っこんだ耕介のほうにやってきた。

「どうかなさいましたか」

訊ねると、村瀬は船尾のほうに視線を投げかけた。

「私、あのふたりに悪いことをしたみたい」

あのふたりとは、小笠原と山縣を指すのだろう。単なる謝罪ではなさそうだ。耕介は心のなかで身がまえた。村瀬がにやりと笑う。

「そういう事情があったのね。私、応援するから」

耕介には意味がわからない。ぽかんとしていると、村瀬は焦《じ》れたように告げた。

「あのふたり、カップルなんでしょ」

え、と大声をあげかけて、耕介は必死でこらえた。その反応を誤解したようで、村瀬が得意げに解説する。

「いつも一緒だし、不自然に距離が近いし、秘密を抱えているみたいだし、価値観の違いにやけにこだわるし……もう、それしかないでしょう。そもそも、あの年代の男性ふたりがツアーに参加するなんて、めったにないものね。しかも同部屋で。あ、でも、私は変な目で見たりしない。だって、今はそういう時代でしょ。多様な価値観を認めなきゃ」

どう言っていいかわからず、耕介は目を白黒させていた。誤解だと指摘すべきだろうか、それとも秘密を守るために黙っていたほうがいいのか。

「あなたは知っていたの？」

村瀬の頭のなかでは、もうそれが事実になっているらしい。耕介はぶるぶると首を横に振った。

「そうよね。わざわざ言わないよね」

耕介は実際にセクシャルマイノリティのカップルを接客した経験もある。特別な対処はいらないと言われ、そのとおりにしたら感謝された。明らかにそれとわかっても、向こうから告白されないかぎり、触れることはない。

急に心配になってきた。

「もしかして、ご本人たちに……」

「言うわけないじゃない。デリケートな問題なんだから。あなたもそっとしておきなさい」

耕介がうなずくと、村瀬は満足して再びデッキへ出て行った。ちらちらと小笠原たちに視線を送りながら、である。

耕介は船酔いでもないのに、気分が悪くなってきた。山縣に伝えようかと思ったが、告げ口をするようでためらわれた。一方で、誤解の蔓延《まんえん》を放置するのもよくない気がする。あの様子だと、村瀬は本人たち以外には喜々として触れ回るだろう。

悩んでいるうちに、船がスピードを緩め、やがてエンジンが止まった。ブルーホールに到着したのだ。

ブルーホールは、かつての鍾乳洞が地殻変動や海面上昇などによって海に沈み、さらに天井部分が崩落して生まれたとされる。上空からだと、濃い色の深淵がくっきりと視認でき、浅瀬に巨大な穴が空いているように見えることから、そう呼ばれる。ベリーズのものと、紅海のものが有名だ。

「ベリーズのブルーホールは直径約三百メートル、深さは約一二五メートルあります。これほど大きく、美しい円形をしたブルーホールは他にありません」

ミラーが誇らしげに説明するのを聞いて、ツアー客は海に下りた。ホールを囲む珊瑚礁でシュノーケリングを楽しむのだ。

希望者はダイビングもできるが、深場に潜《もぐ》るため、上級のライセンスと技倆《ぎりょう》が必要になる。海中の鍾乳石が見られて、ブルーホールの成り立ちもわかるのだが、今回は希望者はいなかった。ダイビングは命の危険をともなうので、添乗員として世話をするのもプレッシャーがかかる。正直に言えば、いなくてほっとしたところだ。

船の上からだと、巨大なブルーホールの全容はわからない。珊瑚が海上に顔を出すくらいの浅瀬から、一気に深くなる。海の色が緑に近い青から、濃紺に変わる。その境目は見えるが、全体は広すぎて形が判別できない。

客たちは、浮き具やフィンをつけて、思い思いに泳いでいる。透明度の高い海で条件がよければ、二十メートル程度の深さは底まで見通せるものだが、ここは古井戸をのぞきこんでいるようで、まったく底が知れない。一方で、リーフでは色とりどりの珊瑚やカラフルな熱帯魚が観察できる。

小笠原と山縣は、今回も船に残った。山縣がスマホを見ながら、ミラーに質問している。翻訳アプリを使っているようで、耕介の出る幕はない。

「ここのあたりには鮫《さめ》はいますか？」

「潜ればたくさん見られます。人食い鮫ではありませんけどね」

「ダイビングの事故はあるのでしょうか。たとえば、潜ったまま浮かんでこなかったり、パニックになってマスクを外してしまったり」

「一般に事故は起こり得るでしょうが、私は聞いたことはありません」

「ブルーホールにまつわる伝説はありますか？」

「昔から『怪物の寝床』と言われていました。巨大な魚がいるとか、海蛇がいるとか、噂はありましたね」

ミラーはおとなしく質問に答えていたが、さすがに問い返した。

「どうしてそんな質問をするのですか」

山縣が小笠原に目で訊ねる。小笠原は片手を振って、拒否の意を示した。

「えーと、ちょっと興味があっただけです」

山縣の答えを聞いて、ミラーは首をひねったが、追及はしなかった。小笠原はやはりブルーホールを舞台に小説を書くのだろう。耕介はひとり納得したが、むろん口には出せない。

質問が一段落すると、山縣は今度は耕介に向き直った。

「面倒な客ですみません」

「いえいえ、そんなことないですよ」

耕介は激しく頭を振った。

「むしろ、窮屈な思いをされていないか心配しています。私としては、旅行をもっと楽しんでほしいのです」

「おれは充分に楽しんでいる」

小笠原が重々しく言った。他の客はみな海上にいるので、日本語がわかるのは三人だけだ。小笠原は周囲を確認してから、耕介に頭を下げた。

「おかげでいい取材ができている。やはり現地の空気に触れると、得るものは大きい。もうしばらく世話になるが、どうかよろしく頼む」

耕介はうれしくなった。感謝の言葉は極上のエネルギー源だ。

「もちろん、精一杯お手伝いさせていただきます。ベリーズ旅行はむしろこれからが本番です。明日は空からブルーホールを見ていただきますし、明後日はATM洞窟です。どんなお話を書かれるのかわかりませんが、きっと参考になると思います」

「うむ、実を言うと、ATM洞窟が一番の目当てなのだ。あそこだけは自分の目で見ないといけない」

それを聞いたとき、耕介はふと不安をおぼえた。だが、その正体をつかむ前に、山縣から問われた。

「ところで、あの村瀬さんという女性はどういう方なんでしょうか」

ずっと視線を感じているのだという。もしかしたら、同業者かもしれない、と山縣は心配していた。

「同じ業界ではないみたいですよ。気になるのなら直接話してみてはいかがでしょうか。気のいい人ですから」

耕介はそれぞれの素性や思考を知っているが、他言するわけにはいかない。どうしても歯切れが悪く、すっきりしない返答になってしまう。何ともやるせない。

「そうですか……」

気の乗らない表情で、山縣はうなずいた。

海上が騒がしくなってきた。シュノーケリングをしていた客たちが帰ってきたのだ。村瀬が一番に船にあがってくる。

マスクをとった村瀬は、三人を見やって、含みのある笑いを浮かべた。

「魚がたくさんいたよ。あなたたちもやってみればよかったのに」

喜多村が肩で息をしながらつづいた。

「穴のほうまで泳いでみたの。ちょっと怖かったわ」

耕介に報告したあとで、小笠原と山縣を見て、不器用に目をそらす。まずいな、と思いながらも、耕介は何もできなかった。

7

ベリーズ・シティで泊まっているのは、設備の整ったリゾートホテルである。モーニング・ノックの必要はない。にもかかわらず、耕介は早起きしてロビーに下りていた。いっこうに明るくならない外を眺めて、ため息をつく。

「そんな顔をするなよ」

ミラーが白い歯を見せた。

「天気のことは気にしたって仕方ない。なるようにしかならないさ」

「わかってるけど、お客様にしたら、ほとんどが最初で最後の機会だから、最高の条件で楽しんでもらいたいんだ」

この時季にしては珍しく、空は荒れ模様だった。風が強く、断続的に雨が降っている。昨夜の予報よりも、天候は悪化していた。ブルーホールの遊覧飛行を実施している会社は、天候の回復を待って飛行機を飛ばすと言っている。

「ハリケーンが来てるわけじゃないんだ。こんな雨は長くはつづかない。風もそのうちやむよ」

担当者は楽観的だったが、耕介は気が気ではない。空からブルーホールを見るのは、午前中のほうが条件がいいとされている。光の具合で青がきれいに見えるらしい。午前中のうちに飛べるだろうか。いや、午前午後は関係なく、そもそも晴れてくれないと、魅力は半減だ。

明日のATM洞窟と順番を入れ替える手も考えたが、明日は別のツアーの予約が入っていて飛行機が空いていないという。他の会社も当たってみたが、返事は同様だった。つまり、祈りながら待つしかない。

ミラーが頭の後ろで手を組んで、のんびりと言う。

「時間によっては午後のラマナイ遺跡はキャンセルだな」

「それはかまわない。時間が空いたら、市内観光を先にしよう。予定にないところでも、ミラーがおすすめするところがあれば、連れて行ってほしい」

「任せとけ。昼食はどうする？」

「食べる時間がなくなるかもしれない。行く予定だったレストランに交渉して、弁当にしてもらえないかな」

「わかった。前にもやったことがあるから、おそらくOKだろう。じゃあ、飛行場に行こうか。風が弱まったらすぐに飛んでもらえるように待機してよう」

ミラーは耕介の肩をたたいた。耕介は、お客に説明するために立ちあがる。

一行は、レストランの思い思いの席で朝食をとっていた。窓ガラス越しに空を眺めて、みな口数が少ない。状況を説明すると、やはり村瀬が一番腹を立てていた。

「天気に文句を言っても、どうにもならない。それはわかる。でも、昨日はあんなに晴れてたわけだしねえ」

「申し訳ございません。雨季は朝から雨になることが多くて、その場合でも待っていればやむそうですので」

「でも、もう雨季は終わったでしょ。本当にやむの？」

「ミラーをはじめ、現地の方々はそう言っています。あと、雨が降っていても、風が弱まれば飛べるそうです」

「それじゃ、よく見えないでしょ。あーあ、これが楽しみで来たのに」

耕介は頭を下げるしかない。天候が原因で目当てのものが見られない事態は珍しくはない。どのツアーでも、旅行会社に責任はない旨、規約に明記してある。添乗員としては、納得してもらって、別な楽しみを提供するだけだ。それでも、心から申し訳なく思う。

「空港でしばらく待つことになりますので、場合によっては、午後の予定を変更します」

「まあ、遺跡はもう充分だけど、野生のワニなんかも見るはずだったよね。それは天気が悪くても行けるんじゃないの？」

「順番を入れ替えるなどして、楽しんでいただけるようにします」

他のメンバーは、村瀬ほど憤ってはいなかった。熊谷はあっけらかんとしているし、小笠原は泰然としている。喜多村は、よくあることよ、と旅慣れたところを見せていた。

空港へ向かうバスで、耕介は酔い止めの薬を配った。遊覧飛行はセスナ機でぐるぐると回るので、乗り物に強い人でも酔うことが多い。ブルーホールは初めてだが、ナスカの地上絵などでの経験から、酔い止めは必須《ひっす》であると思われた。

「エチケット袋は用意してあるそうですから、もしものときは我慢しないでください」

説明しているうちに空港に着いた。雨はそれほどでもないが、まだ風が強い。

「私がガイドしたツアーで、天気のせいで飛べなかったことはありません。きっと大丈夫ですよ」

ミラーは自信満々である。パイロットも心配はいらないという。

「風で飛べないことより、故障で飛べないことのほうが多いんだ。今日は機体の調子はいいから安心してくれ」

ジョークだとはわかっているが、耕介はそのまま通訳することをためらった。結局、ジョークです、と前置きしてから訳した。

真面目《まじめ》な顔になったパイロットによれば、この風でも飛べることは飛べるらしい。だが、いいコンディションでブルーホールを見るには、晴れ間が出るくらいまで待ったほうがいいという。耕介ももちろん賛成だ。

待合室で、大学生たちはトランプをはじめた。小笠原は腕を組んで眠っている様子で、山縣は落ち着かない様子でスマホをいじっている。村瀬はあちこち歩き回っては、空を眺めている。喜多村は本を読んでいた。

耕介は待合室を出て、空港の事務所に行ってみた。第三者の意見を聞こうと考えたのだが、事務所には誰もいなかった。飛べるようになるまで休憩しているのだろうか。

心なしか、風が弱くなってきたような気がする。待合室に戻ると、小笠原がトイレから帰ってきたところだった。何気なく小笠原の後ろについた耕介は、分厚い背中にぶつかりそうになった。

「あ、すみません」

思わず謝ったが、悪いのは急に止まりかけた小笠原である。小笠原は失礼、と手をあげただけで、何事もなかったかのように再び歩き出した。

どうかしたのか、と問いかけて、耕介はすぐ横のベンチに坐る喜多村に気づいた。老眼鏡をかけ、文庫本を読んでいる。小笠原は本に反応したのだろうか。だとすると……。何を読んでいるのか聞くのは失礼だろうか、と思っていると、喜多村が目をあげたので、視線があった。何か言わなくてはならない。

「読書ですか。いいですね」

「ええ、旅と読書は相性がいいのよ。ちょこっと時間が空くときがあるでしょ。それから、夜、時差ぼけで眠れないときにもね。あたし、一回の旅行で三冊は読むの。よかったら、貸してあげようか」

親切はありがたいが、困るのも事実である。小笠原の件がなければ興味はないし、読んでいる暇もない。

「いいえ、私は夜も仕事がありますので」

「そう、大変ね。今、緒河咲良《おがわさら》の本を読んでるの。ロマンチックな恋愛ものだから、男の人には合わないかも」

山縣がこちらをちらちらと見ている。緒河咲良という名前に反応したのだろう。するとやはり、それが小笠原なのか。

脳裏で回路がつながった。小笠原と緒河咲良はアナグラムになっている。ペンネームにぴったりだ。しかし、恋愛小説とは意外である。外見とギャップがあるから、覆面作家なのだろうか。

「そうですね。私が読むのは、旅行ガイドがほとんどですから」

「真面目ねえ」

耕介は苦笑してその場を離れ、空いている席に坐った。山縣がまだこちらを見ている。詮索《せんさく》するのは悪いと思うが、円滑にツアーを進めるためには、知っておいたほうがいい。

耕介はついに好奇心に屈して、緒河咲良について検索してみた。

少女小説でデビューし、大人向けに転じてからベストセラーを何冊も上梓《じょうし》した売れっ子作家らしい。肖像は出てこなかったから、覆面作家なのだろう。ただ、ここ数年は新作が出ていないようだ。マヤ文明を素材に恋愛小説というのも妙だから、新境地を開くつもりなのかもしれない。

喜多村は緒河咲良と一緒に旅行していると知ったら、どういう反応を見せるだろうか。想像すると楽しいが、想像するだけにしておこう。そして、小笠原の書いた恋愛小説……読んでみたい気もしてきた。

「機嫌がよさそうだな。もう聞いたのか？」

ミラーが腹を揺すって歩いてきた。耕介があわてて首を横に振ると、にやりと笑う。

「十一時に一便が飛ぶ」

セスナ一機で客は四人乗れる。一回の飛行時間は約一時間。二機の飛行機が三十分おきに三回飛ぶという。

さっそく戻って報告すると、歓喜の輪ができた。大学生たちがハイタッチで喜びを表現すると、村瀬と喜多村も加わる。小笠原と山縣は顔を見合わせてうなずいただけだ。お客が喜んでくれると、耕介もうれしい。いや、本来の予定に戻っただけなのだが、ほっとしたのはまちがいない。

雨がやんで、みるみるうちに雲が晴れてきた。鮮烈な陽光が、暗く沈んでいたコンクリートを乾かしていく。

通告された十一時より十五分早く、召集がかかった。一便の大学生四人がセスナ機に乗り込む。二便は村瀬と喜多村と小島夫妻が乗り、小笠原と山縣は最終便だ。耕介は地上で待機する。席が空いているので乗ってもかまわないのだが、高いところは得意ではないので、待つほうを選んだ。飛行を終えた客のケアも必要である。

一便はきっかり一時間後に帰ってきた。

「ブラボー！」

叫びながら降りてきた熊谷が、よろめいて膝をついた。耕介はあわてて駆け寄って、エチケット袋を差し出す。つづいて降りたった三人も、まともに立てない。

「すごかったけど、気持ち悪い……」

佐村も青ざめた顔で口を押さえている。四人が若いからか、パイロットが相当サービスしてくれたようだ。

「すぐにおさまりますから、大丈夫ですよ」

耕介はへたりこむ四人をなだめて、待合室に移動させた。入れ替わりに、小笠原と山縣を乗せて、セスナ機が離陸する。

二便の四人は、満面の笑みで地上に戻ってきた。

「上から見ると、本当にきれいな群青《ぐんじょう》色の円なの。ああ、感動した」

「あたしはちょっと怖かったわ。海の目みたいで、見てると吸いこまれそうで。そんなことなかった？」

「けっこう距離があったから、怖くはなかった。当たり前だけど、写真と一緒なのよね。私の写真もうまく撮れているかな」

村瀬と喜多村は興奮気味に語り合っている。機内ではエンジンや風の音がうるさくて話ができなかったという。

小笠原と山縣も帰ってきた。ところが、小笠原が降りてこない。先に降りかけた山縣が、梯子《はしご》で足を止めて機内を振り返っている。耕介は背伸びして機内をのぞき込んだ。

「どうしました？」

「ちょっと乗り物酔いがひどくて立てないみたいです」

やはり小笠原は乗り物に弱い。酔い止めもあまり効かなかったらしい。パイロットが、次があるので早く降りてくれ、と言う。山縣に手を引かれて、小笠原は顔を出した。梯子の段差を利用して、山縣がおぶる。

「山縣さん、大丈夫ですか」

「ええ、何とか」

小笠原をおんぶする山縣を、耕介は待合室へと導いた。小笠原と山縣が姿を見せると、なぜだか大歓声があがった。拍手も起こっている。

ベンチに下ろされた小笠原が、うつむいて頭を抱える。歓声は耳に入っていないようだ。山縣は大きく息をついて、小笠原の隣に腰をおろした。そこで異様な状況にはじめて気づき、きょろきょろと左右を見回した。額に浮かんでいた汗の玉が数を増やし、弾《はじ》けて流れ出す。

「添乗員さん、これは……?」

問われた耕介も状況がつかめず、村瀬に目で訊ねた。だが、村瀬は目を合わせようとしない。きっと、よけいなことを言ったのだろう。まず、山縣を解放しなければ。

「山縣さん、すごい汗ですよ。顔を洗ってきたほうがいいかもしれません」

うながしてから、耕介は小笠原の前に屈《かが》みこんだ。山縣がトイレに行ったためか、拍手は収まっている。

「ご気分はいかがですか」

「ああ、少しずつ楽になってきた」

息も絶え絶えだったのが、話せるようになっている。まだ顔色は蒼白《そうはく》だが、まもなく動けるようになるだろう。

ミラーが鼻歌をうたいながら顔を出した。

「バスの用意ができたぞ。レストランに寄って弁当を受けとって、そのままラマナイ遺跡に向かう。タイトなスケジュールになるが、スキップするよりはいいだろう」

ミラーはよくわかっている。旅程を省略すると、会社への報告が面倒になる。村瀬の機嫌も悪くなる。耕介は山縣が戻るのを待って、一行をバスに案内した。

「このあと、ラマナイ遺跡には、ニューリバーを船で下って行きます。ワニはもちろん、珍しい鳥や動物が見られますのでご期待ください。みなさん、お腹が減っていると思います。昼食はお弁当を手配しましたので、船でお召しあがりください」

説明してしばらく走っていると、山縣が申し出てきた。

「すみません、午後の予定はキャンセルして、ホテルで休みたいのですが……」

小笠原はいったん回復したが、バスに乗ったらまた気分が悪くなって、川下りに耐えられそうにないという。

「病院に行きましょうか?」

提案すると、山縣は大きく手を振って否定した。

「病気ではありませんから。休めば治ると、本人は言っています」

耕介は小笠原の席を顧みて、様子をうかがった。ホテルに下ろすのはかまわないが、自分がついていたほうがいいだろうか。ミラーは優秀なガイドだが、日本語を話せないので、ツアーの本隊を任せるのは一抹の不安がある。

レストランで弁当を受けとったあと、ホテルに寄ってふたりを下ろした。小笠原は顔色こそよくなかったが、熱はなく、足どりもしっかりしている。

「明日に備えて休ませてもらう。申し訳ない」

ATM洞窟が目当てだと言っていたから、それが一番の理由だろう。また、醜態をさらしたから、一度ツアーを離れたいのかもしれない。耕介はふたりを残していくことに決めた。フロントに携帯電話の番号を伝え、トラブルがあったら連絡してもらうように手配する。実際に電話があった場合、すぐに駆けつけるのは無理なのだが、心の支えにはなるだろう。

結局、電話はなかった。ニューリバーとラマナイ遺跡を駆け足でめぐった一行がホテルに帰着したとき、山縣はロビーのソファーに坐っていた。小笠原が休んでいるので、邪魔をしないよう、そこで仕事をしていたらしい。手にしているのはタブレット端末だ。

「みなさん、お楽しみでしたか」

山縣は珍しく、自分から声をかけた。村瀬が応じる。

「ええ、ホエザルの群れと、トゥーカンを見たわ。それから、名前のわからないカラフルな鳥をいっぱい。遺跡はジャガーの彫刻があったわね」

「そうですか。運がよかったみたいですね。私も見たかったです」

いかにも社交辞令といった会話だったが、村瀬はそれで終わりにせず、足を止めて、長身の山縣を見上げた。

「小笠原さんの具合はどう?」

「だいぶ回復したみたいです。明日は参加できると思います」

「よかった。ところで、あなたたちはどれくらいのつきあいなの?」

「えーと、かれこれ三年くらいですかね」

何気なく答えてから、山縣はぎょっとして村瀬を見つめた。ひそめた眉のあたりに、疑問符が浮かんでいるようだ。

「どうしてそんなことを?」

「い、いや、ちょっと興味があって。ごめんなさい」

村瀬はそそくさと部屋のほうへ歩み去った。残された山縣はまだ首をひねっている。単純に仕事のつきあいだと思って答えたのだろうが、村瀬の反応がおかしかった。そもそも、秘密を守るという観点からだと、答えた山縣が迂闊である。

「変な人ですね」

「うーん、人それぞれですからね」

耕介も意味不明な応答をしてしまったが、山縣はそれ以上追及してこなかった。ともあれ、明日を乗り切れば、ツアーはほぼ終わりだ。このまま無事に進んでほしい。耕介は切に願っていた。

8

ATM洞窟は、正式にはアクトゥン・チュニチル・ムクナル洞窟という。とても覚えられないし、発音もできないので、頭文字をとって呼んでいる。古くからマヤの儀式に使われていた鍾乳洞だ。

ベリーズ・シティから二時間の車中は、それまでとは雰囲気がやや異なった。そこはかとない緊張感と昂揚感《こうようかん》、まるで運動会の朝のようなわくわくとした気持ちとおそれが漂っている。人によっては、車酔いとは別の胃腸の痛みがあったかもしれない。

参加者は八人、小島夫妻は別の遺跡と動物園をめぐるオプショナル・ツアーに参加している。出国前の説明で、ＡＴＭ洞窟は体力的に難しいと判断したためだ。本隊が先に出発するため、耕介は夫妻のピックアップを現地のツアー会社に任せたのだが、無事に出発したという報告を受けている。

車路の終わりに駐車場があった。貴重品や濡《ぬ》れては困るものは、バスにおいていく。準備をしてバスを降りた一行に、ヘッドライト付きのヘルメットと救命胴衣が配られる。耕介は率先してそれらを身につけた。

「洞窟に入るときでもいいと思っていたのですが、昨日の雨で途中の川が増水しているらしいので、みなさんジャケットを着てください」

「泳ぎには自信があるんだけどな」

熊谷が口をとがらせた。

「足のつかない川ですよ。服を着たまま泳ぐのは、けっこう危険があると思います」

万一のことがあってはならないので、大げさに言ったつもりだったのだが、現実はそれ以上だった。

最初の川を目の前にして、熊谷も青ざめた。幅は十メートルくらいだろうか。茶色い水の流れはゆるやかに見えるが、底がまったくうかがえない。一番深いところで、ミラーの胸あたりまであるそうだから、小柄な村瀬などは本当に足がつかない。

「ワニとかピラニアとかはいない……でしょ」

村瀬の問いに、ミラーが陽気に答える。

「私は見たことがありません。おそらく大丈夫です」

おそらく、は訳さなかった。

川にはロープが張られており、それをたどって立ち泳ぎで対岸をめざす。女性陣には、さらに腰にロープを結んで保険とした。

耕介は最後尾について、一行の無事を祈りながら川に足を踏み入れた。かろうじて足の先が底に届いたが、ライフジャケットの浮力があるぶん、かえって身体のバランスがとりづらい。しかし、一行はこの冒険があるとわかっていて、ツアーに参加した強者《つわもの》ばかりである。悪戦苦闘しながらも、歓声をあげている。荷物の重い耕介が一番苦労したが、事故なく、全員が渡りきった。

全身から水を滴《したた》り落としながら、ジャングルを行く。まとわりつく虫がうっとうしいが、気分はどんどん乗ってくる。

「これこそが冒険だよ」

「どっちかというと探検じゃない？」

「それならもう少し、道なき道って感覚がほしい」

　大学生たちが笑いさざめきながら歩く。他の者は口数が少ない。

　周囲は鬱蒼と木が生い茂っているが、道自体は観光客に踏み固められていて、草木を払う必要はない。さらにふたつの川を渡って、奥へと進む。小さな蛇に驚いたり、鳴き声だけ聞こえる動物を探したり、手のひらほどもあるバッタを観察したりしながら、一時間近くかかって、ＡＴＭ洞窟にたどりついた。

　こんもりとした木々が途切れたところに、澄明な水をたたえた泉がある。その奥に、マヤ・アーチのような洞窟の入り口が口を開けていた。入り口と言うより、出口なのかもしれない。洞窟の奥から地下水が滔々と流れ出しており、それが泉となり、川になって、森を潤している。

　マヤ文明の栄えたユカタン半島には、カルスト地形が広がっている。石灰岩でできた大地が侵蝕《しんしょく》されて形成されたもので、その名称はスロベニアのカルスト地方に由来する。日本では山口県の秋吉台《あきよしだい》や、愛媛県と高知県の境にある四国カルストが名高い。世界的には、中国の桂林《けいりん》、ベトナムのハロン湾などが人気の観光地となっている。

ユカタン半島のカルスト地形には、セノーテと呼ばれる独特の泉が数千もある。陥没穴に地下水が溜《た》まってできた泉で、その下には水をたたえた巨大な鍾乳洞が網の目のように広がっている。その地下水路の全貌《ぜんぼう》は、いまだ明らかになっていない。

マヤの人々は、セノーテを井戸として、地下の洞窟を儀式の場として利用していた。ATM洞窟は、そうした儀式の場のひとつで、完全に水没してはいないので、観光客でも奥まで探検することができる。

「はい。ここからはカメラは禁止です。もちろんスマホもダメです。荷物はすべて置いていきます」

ミラーの指示で、一行はリュックを下ろした。カメラが禁止されているのは、手がふさがっていると危険なためであり、また過去の貴重な遺物や自然の芸術を守るためでもある。ミラーによれば、以前、観光客がカメラを落として、千年以上前の骸骨《がいこつ》を破壊したことがあったという。

「では、ライトのスイッチを入れてください。洞窟探検に出発！」

ミラーが入り口をめざして泳ぎ出す。そう、早くも足がつかないのだ。平泳ぎや立ち泳ぎで、割れ目から洞窟に入る。水流はゆるやかで、泳ぐのは難しくない。

耕介は小笠原と山縣を心配して後ろについていた。小笠原は山縣のライフジャケットにつかまって泳いでいる。体重があるから、つかまられているほうは負担になるはずだが、山縣は意外に泳ぎが達者だ。長い手で優雅に水をかいて、前の喜多村を追いこす勢いで進む。これなら、不安はなさそうだ。

洞窟に入ると、少しひんやりとして、額の汗が引いた。水は思ったほど冷たくない。ヘッドライトの光の輪に、つやつやとした鍾乳石が浮かびあがる。その尖端《せんたん》を黒い影が横切った。コウモリだ。

「コウモリはこの先にたくさんいます。人を襲うことはありませんから、安心してください」

ミラーの声が洞窟に反響する。

添乗員さん、と呼ばれて、耕介は通訳を忘れていたことに気がついた。厳粛な雰囲気にひたってしまっていたのだ。あわてて日本語で説明する。

足がついて、歩けるようになった。振り返ると光が見えるが、奥は真の闇だ。この辺りは天井が高く、通路の幅もあって、歩きやすい。ミラーが形のいい鍾乳石の場所を教えてくれる。灯りが集中すると、大きく垂れさがった鍾乳石の全貌が露《あら》わになった。無数の槍《やり》が天井から床に向かって投じられているようだ。また、下から上に伸びる石筍《せきじゅん》も見られる。

石のタケノコとはよく言ったものだが、成長スピードはずいぶん違う。

女性の短い悲鳴があがった。

「どうしました?」

耕介は緊張を高めたが、ミラーは落ち着いていた。

「さっき言ったコウモリの群れですよ。夜行性なので、今は寝ています」

灯りを向けると、天井と壁に丸くて黒いものがびっしりと貼《は》りついていた。コウモリが密集しているのだ。数匹が壁を離れて、入り口のほうに飛んでいく。びくりとして、思わず跳びあがりそうになる。

膝下まである水のなかを歩いていると、通路がだんだんと狭くなってきた。天井も低くなって、長身の山縣が上を気にしはじめる。一番狭いところは、身体を横にして通り抜けた。幸い、小笠原もつっかえることはなかった。

「ここから、また深くなります。短い距離ですが、泳いでください」

「映画みたいね」

「いや、ゲームだろ。ダンジョンのなかに、コウモリとか骸骨とかいるんだぜ」

「こんな危ないの、日本じゃ絶対無理だな」

反響する会話に、耕介は内心でうなずいた。添乗員をしていても、これだけ心躍る冒険はなかなか上がらない。いや、それはイタリアやドイツやフランスを主戦場とする一般の添乗員の話だ。耕介は砂漠や山岳地帯のサバイバルも経験がある。テント泊も馬での旅もこなしてきたのだ。

泳いだあと、またしばらく水音をさせながら歩いた。だんだんと足が重くなって、太ものあたりがつらくなってくる。暑くも寒くもないのと、風がないため、身体への負担は少ないが、濡れた服がまとわりつくのは気持ち悪い。

先頭のミラーが足を止めた。

「岩をよじ登ります。その先はドライエリアになります」

つまり、水とはお別れということだ。

ミラーが力強く登って、上から手を差し伸べる。ミラーの助けを借りて、女性陣が先に登り、男たちは自力で登った。ここで小休止となる。飲食物は持ってきていないので、坐って休むだけだ。

興奮気味に語り合う大学生たちをよそに、耕介は主に年配のお客の体調をチェックした。いまのところ、問題はなさそうだ。一番虚弱に思える小笠原も、自分の足で歩いているためか、元気である。

「そろそろ行きましょう。みなさん、靴を脱いでください」

ミラーが言うと、事前に説明していたにもかかわらず、ざわめきが生じた。ドライエリアは靴を脱いで、靴下で歩くルールになっている。裸足《はだし》も禁止だ。滑るのを防ぐためと、人の足が環境に与える影響を考えてのことらしい。岩肌はつるつるしているので、靴下でも痛くないという。一行は、ぐっしょりと濡れた運動靴やマリンシューズを脱いで、身軽になった。

歩き出してまもなく、ごつごつした岩の少ない平坦な場所に出た。ミラーが左右にライトを放って説明をはじめる。

「マヤの儀式がおこなわれていたところです。壺《つぼ》や皿の破片、そして人の骨が散らばっています」

きゃっ、という叫び声があがった。耕介も息を飲む。頭蓋骨《ずがいこつ》が三メートル先に転がっていた。生の人骨、という表現は妙だが、静かな迫力がある。はるか昔に生贄にされた犠牲者なのだろう。歴史の重みと、今生きている尊さがあいまって、不思議な感慨が胸を打つ。

だが、最大の目玉はまだ先だ。

「ここが大聖堂《カテドラル》です」

ミラーが大きく両手を広げた。洞窟のなかの大広間である。大聖堂と言われると、壁の鍾乳石がパイプオルガンに見えてくる。向こうの壁までは三十メートルほどあるだろうか。

小さな体育館くらいの広さはありそうだ。

広間の奥まったところに、梯子が据えられている。それを登った先だった。

「これは……」

先頭の熊谷が絶句した。

事前にいくら情報を仕入れていても、実際に見ると衝撃を受ける。耕介も他の面々と同様に立ちつくした。

「水晶の乙女《クリスタル・メイデン》」と呼ばれる全身の人骨が、そこにあった。右腕をあげて左腕をさげ、足はやや開き気味の体勢で、仰向けに横たわっている。顎《あご》が傾いた頭蓋骨は、声をあげているかに見えた。石灰化した骨は、土と同化しはじめているが、いまだくっきりと判別できる。くぼんだ眼窩《がんか》が闇につながっている。

空気が張りつめていて、息苦しさを感じさせた。酸素が足りないのではない。雰囲気があまりに厳粛で、指先を動かすのさえ、ためらわれる。たとえカメラを持っていても、写真を撮ろうとは思えなかっただろう。

「調査の結果、十代の少年の骨であることがわかりました。でも、我々にとっては、いつまでも『メイデン』です」

ミラーの解説に、声で反応する者はいない。小笠原は人骨を食い入るように見つめていた。いつのまにか、サングラスをとっている。やや小さめの、くっきりとした二重の目だ。誰からともなく、手を合わせて、祈りを捧げる。祈る神は違えども、思いは同じだ。この神秘的な「水晶の乙女」は、どれだけの祈りを受けてきたのだろうか。

「では、帰りましょう」

通訳するまでもなく、ひとりまたひとりと踵《きびす》を返す。耕介は、最後まで残った小笠原をうながした。小笠原がサングラスをかけなおして、梯子を下りる。洞窟はまだまだつづいているが、観光客はこの先には進めない。

無事に帰るまでが冒険である。帰りも行きと同じだけの体力を消耗するので、飛ばしすぎないように。そう警告しておいたのだが、帰りはやはりペースが落ちる。肉体的な疲れもあれば、精神的な影響もあった。見るべきものを見た満足感よりも、心を打たれた衝撃が強い。様々な思いが去来して、足もとに集中できない。

ミラーは心得ているので、往路以上に、客の状態に注意を払っているようだった。立ち止まって説明しないぶん、時間的には早いが、歩みは慎重である。

外の灯りが見えてきた。最後の難関だ。

ツアー客が次々と光のもとへ出て行く姿を、耕介は最後尾から見ていた。なかなか気分がいい。水が少しずつ温かくなってきた。すぐ前の小笠原と山縣が洞窟の出口を抜けた。

あいかわらず、小笠原は山縣をつかんで泳いでいる。耕介もつづく。光が視界にあふれて、一瞬、何も見えなくなる。

悲鳴が光をつんざいた。

「小野寺《おのでら》先生！」

怒号と水音が響く。

何が起こったのだ。おぼれたのか。小野寺先生？　もしかして小笠原のことか。

目が光に慣れたとき、右腕をつかまれた。

あわてるな。

耕介は自分に言い聞かせた。添乗員がパニックになってはならない。

左腕で逆に相手の腕をつかみ、水面に引きあげる。ライフジャケットを着ていなかったら、引きずりこまれていたかもしれない。

腕の主はやはり小笠原だった。顔を出して息は吸えたようだが、腕をばたばたさせてもがいている。

耕介はミラーが投げた浮き輪を空中でキャッチした。小笠原の横に放って、しがみつかせる。

「先生、しっかり。岸はすぐそこです」

山縣が小笠原の横についた。耕介は反対側につき、浮き輪をつかんだ小笠原を、ふたりで岸まで押していく。

小笠原は最後は自力で歩いて岸にたどりつき、ごろりと転がるように横になった。あきれたことに、まだサングラスがついている。ベルトで止めてあるらしい。駆け寄ったミラーが、それをむしりとって、目をのぞきこんだ。耕介と山縣も、小笠原の横にひざまずいて、容態を確認した。

目は開いていて、こちらが見えている。息もしている。

「小笠原さん、大丈夫ですか」

三秒ほどしてから、小笠原は半身を起こした。

「ああ、何ともない。すまなかった」

三人はいっせいに安堵《あんど》の息をもらした。山縣はすがりつかんばかりである。他の客たちも拍手で喜びを示している。村瀬が残念そうに見えるのは、人工呼吸を期待していたからか。

小笠原はみなの視線に気づくと、片手で目を覆った。山縣がサングラスを拾って差しだす。ミラーがタオルを頭にかけてやる。

「水を飲んでいませんか」

ミラーが訊ねると、小笠原は軽くせきこんだ。乾いた咳《せき》だ。

「少しは入ったかもしれないが、そんなに飲んではいないと思う」

「よかった。水はきれいですが、たくさん飲むとお腹《なか》を下すかもしれないので」

「ありがとう。腹は丈夫だから、心配はいらない」

救出が早かったので、大事に至らずにすんだ。耕介も改めてミラーと山縣に礼を言った。

山縣は恐縮しきりである。

「こちらこそ助かりました。もしものことがあったら、大問題になるところでした。手が離れたのに気づかなくて」

小笠原は山縣のライフジャケットにつかまって、引っ張ってもらっていたのだが、何かのはずみで手を離してしまったらしい。

「小野寺先生は我が社にとって、大切な……」

そこまで言ってようやく、山縣は気づいた。村瀬をはじめとする客たちが興味津々で聞いている。

「小野寺先生って？」

喜多村が無邪気に訊ねる。

「あ、いいえ、すみません。とにかくありがとうございました」

山縣は立ちあがって、意味もなく洞窟のほうを眺めた。背中で問いを拒絶している。

耕介はてっきり、小笠原は緒河咲良なのだと思っていた。しかし、山縣の発言からすると、小野寺というのが本当のペンネームなのだろう。それなら、小笠原はどうして緒河咲良の本に反応したのか。あの様子と名前からして、無関係とは考えにくいが……。

だが、今それを追及している場合ではない。

「みなさん、お腹が減ったでしょう。遅くなりましたが、お昼にしましょう」

「待ってました！」

熊谷が合いの手を入れてくれた。耕介は荷物をおいた小屋から、ドライバッグを取ってきた。中に、おにぎりと携帯食が入っている。おにぎりはアルファ米と梅干しを使って、耕介が握ったものだ。最近は多くのツアーで、添乗員がおにぎりやお粥《かゆ》をサービスする。添乗員の仕事はかくも多彩だ。

ジャングルでおにぎりを頬張るのも、なかなか粋《いき》である。冒険が遠足になってしまった感はあるが、お客はみな喜んでくれた。重い荷物を運んできた甲斐《かい》があった。

小笠原はさすがに食欲がないと言っていたのだが、おにぎりには手を伸ばした。ぺろりと平らげたところを見ると、心身ともにダメージはなさそうだ。逆に、山縣は落ちこんでいて、水しか飲んでいないようである。

ふたりの様子を見て、喜多村が小笠原の隣に移動した。

「小野寺って、ペンネームなんですよね。漫画家さん？　作家さん？」

集中する視線に射抜かれたように、小笠原はしばらく硬直していた。口を開きかけたとき、山縣が自分の役割を思い出した。

「勘ぐるのはやめてください。みなさんには関係ないでしょう」

「小笠原さんが漫画家か作家なら、あなたは編集者？」

村瀬に追及されて、山縣は言葉につまった。

「そんなことだろうと思ってた。だいたい、男ふたりでツアーって変だもの」

にやにやする熊谷を、村瀬がにらむ。どうやら、誤解はなかったことにするらしい。

「すみません。言えないのです。何も聞かなかったことにしていただけませんか」

山縣は懸命に抵抗するが、口調は弱々しい。

「仕方ない。みなには迷惑と心配をかけたのだ。疑問には答えるべきだろう」

諦念とともに、小笠原が語り出した。一同が固唾《かたず》を飲んで聞き入る。

「おれは小野寺勝利《かつとし》というペンネームで小説を書いている」

一同は顔を見あわせた。耕介は残念ながら、聞いたことがない。

「あ、見たことあるかも」

手をあげたのは熊谷だ。本も読むのか。多趣味な若者である。

「冒険小説みたいなやつだっけ」

「まあ、そんなものだ」

苦笑する小笠原に替わって、山縣が言った。

「小野寺先生は冒険小説の新たな旗手として、すでに多くの読者を獲得しています。キャリアは浅いですが、発表する作品は続々重版がかかっていまして、業界で知らない人はいません」

要するに、売れている作家なのだろう。読書好きの喜多村が目を輝かせた。

「じゃあ、今度はベリーズを舞台に小説を書くの？　あたし、出たら読むわ。でも残念。あなたの本を持っていたら、サインをもらうのに」

「ありがとうございます。楽しみにしていてください。でも、お願いです」

山縣はがばっと頭を下げた。

「小野寺先生は顔出しNGの覆面作家なんです。今回、ツアーに参加していたとか、本名とかは内密にしていただけるとありがたいです。もちろん、写真は表に出さないでください」

「別にいいけど、もったいないじゃない。ハードボイルドな感じで、冒険小説にぴったりなのに」

　喜多村の指摘を、村瀬がたしなめた。

「人それぞれ事情があるんだから、放《ほう》っておきましょ」

　言っていることは正しいが、それを村瀬が言うのか。そう思った者は多かっただろうが、誰も口にはしなかった。

「すみません。よろしくお願いします」

　山縣がもう一度頭を下げたタイミングで、ミラーが出発を告げた。

　そう、洞窟を抜けて安心していたが、まだ難路はつづくのだ。とはいえ、食事をとってエネルギーを補給している。事情が明らかになって、喉《のど》のつかえがとれている。一行の身体は軽かった。

　最後の渡河《とか》も無事にクリアして、一行はバスまでたどりついた。

　バスに揺られながら、耕介は考えた。これでよかったのだろうか。耕介の責任ではないにせよ、結果的に依頼を果たせなかった。小笠原は淡々としているが、山縣は肩を落として悄然《しょうぜん》としている。会社に搾《しぼ》られるのだろうか。ただ、取材は成功だったと思う。小笠原は満足しているようだ。これでベストセラーが生まれれば、文句のない成果ではないか。もちろん、簡単ではないだろうが。

緒河咲良の件は気になったが、訊くのはためらわれた。話す気があれば、話してくれるだろう。なければ忘れるだけだ。食べ物の好き嫌いから、下半身の問題まで、お客の秘密はたくさんある。添乗員はいちいち意識していられない。

未舗装の道をたどったにもかかわらず、お客のほとんどは眠りについていた。バスは日が暮れてから、ベリーズ・シティに到着した。

ベリーズ・シティでの夕食は、連日ホテルのレストランでとっている。ステーキやトマト煮込みなど、素材を生かしたヨーロッパ風の料理だが、そればかりでは飽きるので、最後の夜はインド料理を食べに行く予定になっていた。ところが、小笠原と山縣は同行を遠慮するという。話題の中心になることは避けられそうにないから、無理もない。

もっとも、いないならいないで話題になるのは変わらない。喜多村はすでに小野寺が何冊本を出しているとか、評判がどうとかを調べていた。耕介も質問攻めにあったが、個人情報なので、と拒否しつづけた。個人情報と守秘義務、このふたつの言葉には、ずいぶんと助けられている。

「けっこういい旅行だった。ベリーズは素敵な国ね」

村瀬が総括して、お開きとなった。ハードな一日を終えて、耕介は倒れこむようにして眠った。

9

ベリーズ最後の日である。午前中に市内の名所をバスでまわって、空港に向かう。

「みなさん、楽しい旅行でしたか？　筋肉痛になっていませんか？　お腹は痛くありませんか？　お土産《みやげ》は買いましたか？」

ミラーが矢継ぎ早に訊ねて、お客たちを笑わせる。耕介は陽気なガイドとがっちりと握手をかわした。

「おかげでスムーズに日程をこなせました。ありがとうございます」

「日本人は大好きです。次までには日本語を覚えておきます」

ミラーは腹を叩いて笑いながら、見送ってくれた。

往路と同様に、ダラスで乗り替えて、日本へ帰る。小笠原が話しかけてきたのは、ダラスでフライトを待っているときだった。山縣の姿は近くにない。

「迷惑をかけてすまなかった。そして、諸々《もろもろ》の気遣いに感謝している。おかげで助かった」

「いえいえ、お役に立てたかどうか。結局、隠し通すことはできませんでしたし」

「それは仕方ない。山縣君もよくやってくれている」

小笠原も山縣も、困った客というわけではなかった。ツアー自体も、みなに楽しんでもらえてよかったと思う。彼らの秘密は、本人たちには悪いが、ちょうどいいスパイスだったかもしれない。

「ところで、気になっていると悪いから、教えておく」

小笠原は声をひそめた。

「緒河咲良は妹だ」

「ああ……」

耕介は合点した。それで名前に反応したのか。最後になって明かしてくれたのは、一種のお礼なのだろうか。

「才能があるご兄妹《きょうだい》でうらやましいかぎりです」

「そんなのじゃないよ」

小笠原は自嘲《じちょう》気味に笑った。

「そのことは山縣さんはご存じなんですか」

「まあな。話題にはしないが」

「今度はぜひ、妹さんとツアーにいらしてください」

耕介が営業をかけると、小笠原はやれやれ、といった様子でつぶやいた。

「考えとくよ」

それはきっと社交辞令であっただろう。実際に考えることはない。しかし、その表情が冒険作家らしく、渋くて格好良かったので、耕介は満足であった。


帰国早々、耕介は東栄旅行の里見日向子に呼び出されていた。ベリーズツアーに関して、クレームでもあったのか、と、おそるおそる出向いたが、日向子は珍しく愛想がよかった。

通されたのは応接スペースではなくて会議室だったが、コーヒーが出てきた。

「アンケートの結果はよかったです。リピートが期待できるお客様も何人かいらっしゃいますね」

「はあ、ありがとうございます。で、今日呼ばれたのは、次の仕事についてですか？」

「それはまた後ほど」

日向子はにこりと笑った。嫌な予感がする。そもそも、呼び出された時点で、いい話のはずがないのだ。

「まず、例の作家の取材について、報告してください。結局、ペンネームはわかったんですか」

「え？　そこまで報告しないといけないのですか。彼らは秘密にしてほしい、と言っていましたが」

「もちろん、他言はしません。管理担当として、ツアー中に起こったことは把握しておきたいので、包み隠さず報告願います」

そういうものだろうか。ためらいはあったが、日向子の大きな瞳で見つめられると、あらがう気持ちはなくなってしまう。耕介は事情を簡単に説明した。小笠原は小野寺勝利という作家で、結局、ペンネームは他のツアー客にばれてしまった、と。

「小野寺勝利……。最近、勢いのある作家ですね。どうしてばれたんですか。よけいなことはしてませんよね。クレームが来たら、責任は国枝さんがとるんですよ」

「私のせいではないと思います」

耕介はさらにくわしく説明した。日向子は二、三の質問をはさみながら聞いていたが、話が終わると軽く眉をひそめた。

「ということは……」

つぶやいた日向子はスマホを取りだして、何やら調べはじめ、しばらくして会心の笑みを浮かべた。耕介に厄介な仕事を依頼するときと、同じ雰囲気だったので、思わず身がまえてしまう。

「わかりました」

「何がです？」

「小笠原さんは小野寺勝利ではありません」

は、と耕介は思わず声をあげた。本人がそう言ったのに？　どういうことだろうか。小笠原と山縣が組んで、別の名前を名乗ったのか。

「じゃあ、本当のペンネームは何なのですか？　もしかしてやっぱり緒河咲良？」

「まったく、鈍いんだから」

日向子は大げさにため息をついた。

「そうじゃなくて、小野寺勝利は緒河咲良なんです」

耕介はぽかんと口を開けた。意味がわからない。

「そんなバカ面してると、写真とりますよ」

「いや、だって、ひとりふた役ってこと？　え、でも、私が会った小笠原さんは？」

「心やさしいお兄さんでしょ。国枝さんに似てますよね」

どこがだ。

日向子はスマホの画面を耕介に示した。

「小野寺勝利は三年前に新人賞をとってデビューしています。受賞したときは本名の小笠原啓《けい》で、ペンネームは出版するときにつけてます。授賞式にも出席していません」

「それが何か？　覆面作家なんだから、当然でしょう」

「どうして覆面作家なのでしょう。顔を出したほうが宣伝になりそうなのに」

「周りに知られたくないからだと思いますが」

「それなら、新人賞に応募するときにペンネームをつけるでしょう」

「賞をとるとは思わなかったんじゃないですか」

「そうなんです」

日向子は身を乗り出した。耕介は思わずのけぞってしまう。

「緒河咲良はスランプになって、今までの作風とは違う話を書きたくなり、お兄さんの名前を借りて投稿したんです。それが受賞してデビューしてしまったために、お兄さんはそのまま代役を押しつけられることになったんです」

耕介はあきれた。

「ただの推測じゃないですか。ほとんど妄想ですよ」

「でも、この推測で全部説明がつきますよ。緒河咲良は小野寺勝利がデビューする一年前から、新作を出していません。計算が合います。きっと出版社もわかってて知らないふりをしてるんですよ。あと、小笠原さんは二面性がどうこうって言ってたんでしょ。それがすべてを暗示してるんです」

日向子は自分の世界に入りこんでいる。反論しても仕方がない、と耕介は悟った。

「それで、どうやってたしかめるんですか」

おまえが訊いてこい、と言われたらどうしよう。びくびくしていたが、日向子は意外にも首を横に振った。

「別に、秘密なら秘密でいいですよ。私が知っていれば、それで満足です」

胸を張る日向子である。

しかし、状況証拠があるのは、小野寺勝利＝緒河咲良という部分だけではないか。それが本当に妹なのかはわからない。小笠原が最後にぽっと言っただけなのだ。嘘《うそ》かもしれない。

旅行の間、小笠原に代理で取材している態《てい》はなかった。題材に向き合う真摯《しんし》な態度は作家そのもので、実際に接した耕介としては、小笠原＝小野寺勝利＝緒河咲良としたほうが、よほど納得できる。

日向子と耕介のどちらが正しいのか、あるいは両方ともまちがっていて、別の真実があるのか。追究する趣味は、耕介にはなかった。誰が発見しようが、遺跡の価値は変わらない。小説だって、たぶん同じだ。誰が書いたかによって、売れ行きは違うかもしれないが、内容の価値は変わらない。

とりあえず、取材の成果がどう表れているかは気になるので、本が出版されたら読んでみたいとは思う。

「では、そろそろ次の仕事の話を……」

「そうですね。国枝さんは他の添乗員にアサインしてからになるので、もうちょっと待ってください。いちおう、希望があれば聞きます」

ようするに、引き受け手のいないツアーが回ってくるということだ。

「たまにはヨーロッパとかアメリカとか……」

言いかけて、耕介はやめにした。それまでの経験から、伝えても意味がないことはわかっていた。


それから一年後、東栄旅行経由で耕介のもとに本が届いた。小野寺勝利の新作である。

山縣からの手紙がついている。なかの一節が目に入った。

「舞台は四国になってしまいました。すみません。でも、マヤの末裔《まつえい》がちょっと出てきますから、お許しを」

耕介が許す、許さないの問題ではない。まったく違う舞台で、マヤの要素もちょ、ちょっとなのか。取材の成果は生かされているのだろうか。やっぱり、予算の問題でツアーにしたのが失敗だったのではないか。取材につきあった山縣の立場はどうなのか。

編集者も大変だな、と、同情の念が湧《わ》いてきた。

第三話
生と死のエルタ・アレ

第三話

1日目	成田発▶機内泊
2日目	アディスアベバ着▶メケレへ▶メケレ泊
3日目	ダナキル砂漠へ▶アサレ塩湖▶ダロール火山 テント泊
4日目	採塩場▶ベース・キャンプへ▶野天泊 深夜に登山開始
5日目	エルタ・アレ▶野天泊
6日目	早朝下山▶アフデラ湖▶メケレへ▶メケレ泊
7日目	アディスアベバへ▶ 市内観光（博物館、コーヒー・セレモニーなど）▶ アディスアベバ発▶機内泊
8日目	成田着

1

　国枝耕介は、新年をオーストラリアで迎えた。添乗員になってから、年末年始を日本で過ごしたことはない。旅行業界にとって、年末年始はかき入れ時である。休んでいる場合ではないのだ。

　ツアーはオーストラリア大陸をバイクで縦断するという、一部の愛好者向けのものだ。耕介はバイクには乗らず、ガイドとともに車で後を追った。荷物を運ぶため、万一の事故に備えるため、そして何より、バイクに乗れないからである。

　ツアーはトラブルなく進み、巨大な一枚岩ウルルを背景に初日の出も見た。ギャラもよかったので、満足して帰国したところ、待ちかまえていたかのように、東栄旅行の里見日向子から連絡があった。まだ成田空港を出ていない。

「ああよかった。今から、本社まで来られますか？」

「え、いや、私、ちょうど帰国したところで……」

「知ってます。だから電話したんです」

ちなみに今回は、東栄旅行のツアーではない。絶句していた耕介は、努力の末に言葉をしぼりだした。

「これから正月休みの予定なんですが」

「世間はもう仕事始めですよ」

「私は今まで働いていたんです」

日向子は電話口でため息をついた。妙にしおらしい声になる。

「国枝さんなら助けてくれると思ったのに。すぐに添乗に出ろって言ってるわけじゃないんですよ。五日後に八日間のツアーです。充分に休めます」

「え？ でも、一週間後に御社のツアーに添乗しますよ。カナダでオーロラを見るツアーです」

耕介はすでに話を聞く態勢に入ってしまっているが、本人は気づいていない。

「そちらは別の添乗員を手配しました。楽なので、うちの新人に行かせます」

つまり、耕介は楽ではないツアーに行かせたいのだ。

三時間後、耕介は東栄旅行のオフィスで、日向子と向かいあっていた。自宅に帰って荷物を置き、シャワーを浴びただけで駆けつけたのだ。

「ずいぶん灼《や》けましたね」

「ええ。オーストラリアだったので。やっぱり夏に荒野を行くのは厳しいです。まだひりひりしてますよ」

「そのあとで冬のカナダはきついですよ。インターバルがあるとはいえ、身体《からだ》を壊してしまいます。次も暑いところにしましょう」

さすがにそれが本心とは思えない。耕介に頼む理由があるはずだ。耕介が身構えていると、日向子はファイルからパンフレットを抜き出した。

「エチオピア・ダナキル砂漠ツアー～火山と塩湖・地球ロマンの旅」

秘境に強い東栄旅行らしいツアーだ。砂漠を四輪駆動車で踏破し、テント泊で大自然の驚異に触れる旅である。

ダナキル砂漠を旅するツアーには、耕介も二度ほど添乗した経験がある。いずれも、二週間かけてエチオピアを巡る日程だった。エチオピアは歴史の古いキリスト教国で、独特の岩窟《がんくつ》教会を筆頭に見所のある遺跡が多いが、八日間では満足に回れない。自然に力点をおいたツアーなのだろう。

「予定の添乗員にアクシデントがあったのですか？」

体調管理も仕事のうちとはいえ、防ぎようのない病気や怪我《けが》はある。急な不幸もありえる。耕介は何度かピンチヒッターに立ったことがあった。しかし、日向子は首を横に振った。

「違います。参加希望者が急に増えたから、定員を増やしたんです」

「へえ、珍しいですね」

満席になったことがではない。通常、定員に達したら、ツアーの募集を打ち切る。先着順であふれたお客にはキャンセル待ちに回ってもらうか、別の日程で案内する。航空券やホテル、食事などの手配が追加で必要になるので、定員を増やすのは容易ではない。もちろん、添乗員もだ。

「私もあまり経験がないのですが、汐見《しおみ》が張り切っちゃって。彼はエチオピアに強くて、いろいろルートを持っているんですよ」

汐見陸《りく》は東栄旅行の社員である。中東とアフリカを担当しており、企画から添乗までこなす。最近は添乗員の不足などから、多くの旅行会社で社員添乗員を増やしており、自分で企画して手配して添乗するという仕事の流れができている。汐見はまだ二十代だが、大変に優秀な社員で、東栄旅行の次期エースと目されているらしい。

「ということは、汐見さんのサブにつけばいいんですね」

それなら気が楽だ。テント泊は肉体的には負担がかかるが、はじめての場所ではないので、勝手がわかっている。自分も知識と経験があるうえに、よりくわしい仲間がいるのだから、仕事はやりやすい。そう考えて、疑問が生じた。

「あれ？　それなら、新人の訓練にもってこいのはずですが」

本来、新人添乗員がはじめて添乗するときには、先輩の補佐について勉強するものだ。人手に余裕がない現状では、なかなか難しいのだが、機会があれば逃すはずがない。カナダのオーロラツアーは定番だが、オーロラが見られなかったときの対処を考えると、新人にひとりで任せるのには不安があるだろう。日向子の采配は解せない。そう指摘すると、日向子は眉《まゆ》をひそめた。

「鈍いのが取り柄だったのに、最近、鋭くなりましたね」

「それって、褒《ほ》めているのですか」

「ええ、もちろん」

日向子は非の打ち所がない営業スマイルを浮かべた。

「ビザはこちらでとっておくので、パスポートを貸してください。明日申請すれば間に合いますから、汐見に持たせて成田で渡します」

「エチオピアなら現地の空港でとれるはずですから、自分でやりますよ。お客様にもそういう人がいるでしょう？」

別に警戒したわけではない。出発までまもないのに、パスポートを預けるのは危険なのだ。一般に、ビザ取得の代行は、充分な日数の余裕がなければ引き受けられない。

日向子は気にした様子もなく言った。

「まあ、それならいいです。事情、聞きたいですか?」

一も二もなく、耕介はうなずいた。答えのわかりきっている質問はしないでほしい。

「仕方ないですね。これはいちおう社外秘なんですけど……」

日向子は手元のファイルから、一枚の紙を取りだした。ツアーの申込者数のデータだ。日にちごとに、新規申込者数と累計が記載されている。

エチオピアツアーの申込みは、三ヵ月前に最低催行人数を超えたあと、長く停滞していた。定員は十二名だが、一ヵ月前の時点で参加予定者は九名、それから営業をかけて一名増やした。ところが、十二月二十九日に六名、三十日に四名が空席照会をかけてきた。ちょうど添乗から帰ってきた汐見がこれに対応し、定員を二十名に増やすことに成功したという。相談だけで申込みをキャンセルしたお客もいたが、それ以降に申込みもあったので、二十名は確保できた。そこで、添乗員を増やすことにしたらしい。

「急に増えたのはテレビの影響でしょうか」

テレビの旅番組やバラエティで絶景が放映されると、一気に申込みがくることがある。

東栄旅行は少人数のお客を相手にしているので、十人もまとまってくるとインパクトが大きい。

「私もそう思ったんですけどね」

日向子が声をひそめた。

「いろいろ調べて、こんなものが見つかったんです」

日向子は今度は自分のスマホを差しだした。表示されているのは、「世の中に絶望している賢者の集い」と題されたサイトだった。写真の類《たぐい》はなく、黒い題字が書かれているだけのシンプルなつくりである。どう見ても好感はもてなかった。

「何だか、嫌な雰囲気がしますね」

「自殺志願者のコミュニティらしいです。そこに、こんな特集ページがありました」

本物はすでに消去されているが、スクリーンショットを保存していたという。耕介はスマホをのぞきこんで、言葉を失った。

「究極の自殺。大地の奥深く、母なる地球に還《かえ》る。エルタ・アレの火口に身を投げて、不死鳥となろう。すべての罪と苦痛は浄化され、君は甦《よみがえ》る。さあ、今こそ覚悟を決め、自殺ツアーに出かけよう」

「……いやいや……これはさすがに……」

「ばかげてる、と思うでしょ」

耕介は口中の渇きを感じていた。出されていた薄いお茶を飲み干して、ひと息つく。

「関係ないと信じたいですね」

残念なことに、自殺の名所は世界各地にあるが、エルタ・アレがそのひとつだとは聞いたことがない。観光業界では、活動している噴火口や溶岩湖を間近に見られる唯一の火山だと宣伝しているが、そのような意図はもちろん想定していない。とても本気とは思えなかった。

「でも、そのサイトの掲示板にうちのツアー情報へのリンクが貼《は》ってあって、実際にアクセスが多かったんです。誘いあって申し込んだみたいで」

「うーん。自殺志願者がパスポート持ってますかね。料金も五十万を超えるでしょ。それだけ払えるなら、自殺を考えないと思います」

「動機は人それぞれですよ。借金抱えた人ばかりじゃありません。それに、クレジットカードが生きてれば、収入のあてがなくても申込みはできます。そういう議論は、社内でさんざんしたんですよ」

検討の結果、自殺志願者のグループが参加する可能性を否定できなかったという。

「それなら、どうして参加を認めたのですか。期限ぎりぎりだし、そもそも定員オーバーなんだから、断ればいいでしょう」

「事情がわかる前に、手配が終わっていたんです。汐見が無駄に仕事ができるもんだから、もう」

とはいえ、妙なトラブルに巻きこまれるくらいなら、違約金を払ってでもキャンセルしたほうがいいのではないか。部外者の耕介はそう思うが、東栄旅行の上層部には、また別の判断があるのだろう。何しろ、「スリルがないなら買ってこい」「危険情報は飯の種」「地雷原を突破してこそツアー」などと放言する幹部がいるとの噂《うわさ》だ。日向子の傍若無人《ぼうじゃくぶじん》な言動を見ていると、あながち大げさとも言えない。

またしても、舵《かじ》取《と》りの難しいツアーになりそうだった。単に自殺を防げばいいというだけではない。問題を抱えたお客がいると、他のお客にも影響してしまう。ただでさえ、テント泊はお客同士の距離が近くなるのだ。普通のお客に楽しんでもらうために、いっそうの気配りが必要になろう。

説明を終えた日向子は、肩の荷を下ろした様子である。

「じゃあ、そういうわけで。派遣会社のほうにはもう話を通してあるので、そちらは気にしなくてもかまいません。処理はやっておいてくれるそうです。あとは……くわしい旅程と参加者名簿は作成中ですので、明日にでも送ります」

どうやら、耕介の意思が介在する余地はなさそうであった。

「事情はわかりました。基本的には汐見さんの指示にしたがえばいいのでしょうが、近くにいないときなどで、実際に問題がおきそうになったらどうしましょうか」

日向子は腰を浮かしかけていたが、坐《すわ》りなおして耕介を見つめた。めずらしく真剣な表情だ。

「当たり前ですが、とにかく全員を無事に連れ帰ることですね。火山で自殺なんかできるわけないと思いますけど、万一実行されたら、責任問題になります。それと、これはオフレコですが、汐見が暴走しないように注意してください」

耕介は目をみはった。

「暴走というと？」

「まあ、何と言うか、彼はちょっと熱すぎるところがあるので、心配なんですよね。できる人なんですけど、クレームに正面から反論しちゃうようなタイプなんです。だから、国枝さんのやり方を見て勉強してもらいたいって、部長が言ってました」

「そんな優秀な人が、私から学ぶことなどないでしょうに」

「まあそう言わずに。こんなこと、国枝さんにしか頼めませんから」

若い女性にものを頼まれるのはうれしい。日向子は若い女性である。したがって、日向子にものを頼まれるのはうれしいはずなのに、必ずしもそうではない。にもかかわらず、結局は引き受けてしまう耕介であった。

2

エチオピアは、正式名称をエチオピア連邦民主共和国という。アフリカ大陸の東部に位置する内陸国で、エリトリア、ジブチ、ソマリア、ケニア、南スーダン、スーダンに囲まれている。面積は日本の約三倍、人口は一億人を超える。国土の大半は高原地帯で、農業が盛んだが、灌漑《かんがい》設備が整っていないため、旱魃《かんばつ》の被害を大きく受ける。統計上は、いまだ貧しい国だ。民族はオロモ族やアムハラ族をはじめとして八十を数え、公用語はアムハラ語と英語である。

耕介はいつものように機内でガイドブックを読んで、情報を整理した。日本人にとって、エチオピアのイメージと言えば、飢饉《ききん》にマラソン、それにコーヒーといったところだろう。旅行業者の視点で見ると、エチオピアには観光資源が多い。長い歴史と雄大な自然を兼ね備えているから、今後、インフラの整備にともなって、観光需要も伸びていくにちがいない。

ソウルを経由した飛行機は、首都のアディスアベバの空港に着陸した。アディスアベバは赤道に近いが、標高二千メートルを超える高地にあるため、気候は年間を通して穏やかで暮らしやすい。今は乾季なので、スコールの心配も無用だ。

首都の人口は三百万以上で、中心部には高層ビルも見られ、多くの車が走っているが、平屋が密集している地区もある。発展はこれからといった印象だ。

市内観光でアベベの墓などを見るツアーもあるが、今回は素通りである。ツアー一行は入国手続きのあと、国内線に乗り替えて西部のメケレに向かう。

直前にキャンセルが一名出たので、お客は総勢十九名。例の日以降に申し込んだ九名は、全員がひとり参加で、年齢も性別もばらばらであった。そのうち最年少は二十歳《はたち》の女子大学生、最年長は五十二歳の男性だ。秘境ツアーはもともとひとり参加の割合が高いので、その点は珍しくない。ただ、先入観があるからかもしれないが、雰囲気は妙だった。スーツケースが真新しかったり、かさばるコートを着ていたり、出国手続きにとまどったりと、旅慣れていない人が多い。事前のアンケートを提出してくれたのは九人中三人だけで、それも空欄がほとんどだった。東栄旅行のツアーには、アンケートをびっしり書いてくるお客が多いだけに、異質である。

その他のお客には、見知った顔があった。

「おお、また会ったな」

高級そうなカメラを提げているのは、森平健二郎という銀髪の男性だ。昨年、ウズベキスタンのツアーで会ったばかりだから、よく覚えている。知識と旅の経験が豊富で、ツアーメンバーにクイズを出していた。ツアー全体ではこの人が最年長になるが、体力的には心配ないだろう。

「ダナキル砂漠はこれからブレイクするぞ。おたくの会社も力を入れたほうがいい」

「ありがとうございます。森平さんがおっしゃるなら、まちがいありませんね。上に伝えておきます」

耕介は社員ではないから、ツアーの企画には関《かか》わらない。たまにお客の意見を訊かれて答えるくらいである。これが汐見のような社員添乗員になると、お客の要望を聞いてツアーをつくることもある。固定客の多い旅行会社ならではの手法だ。

ダナキル砂漠が、ボリビアのウユニ塩湖のようにブレイクするかどうかは、まだわからない。秘境としてマニアの間での人気は高いが、その段階ではすでに飽和した感もある。そこから一般に流行するまでには、高い壁があるのだ。まず、テント泊が必要な時点で厳しいような気がする。

もうひとり、村瀬啓子女史とも短いブランクでの再会となった。ショートカットの健康的な女性で、もう五十歳に近いが、ひとまわりは若く見える。

「国枝君も来るなんて、知らなかったよ。汐見君が熱心に勧めるから参加したんだけど、定員割れどころか、オーバーしてるじゃない」

相変わらず、添乗員を友達扱いである。しかし、会社にとってはありがたい顧客だ。最少催行人数に達しないときなど、そういう人たちに声をかけて埋めることがよくある。ときには、代金も値引く。

「でもさあ、今回ちょっと、暗めの人が多いんじゃない？　話しかけても反応が鈍くて、とまどっちゃう」

「まだはじまったばかりですから」

耕介は慎重に答えた。村瀬は腕のいい弁護士らしいが、少々思いこみの激しいところがある。波風を立てるタイプなので、注意が必要だ。

「まあそうね。それよりさ、海外慣れしてないのが心配。ちらっと訊いてみたんだけど、黄熱病のワクチンも打ってないみたいで、マラリアもノーガード。あなたたち、ちゃんと説明してる？」

「ええ、それはもちろん。虫除《むしよ》けなどはこちらでしっかりやりますが、予防接種や予防薬は個人でやっていただかないことにはどうしようもありません」

海外旅行には感染症の危険がともなうが、熱帯地域への旅はとくに注意しなければならない。黄熱病やマラリアは死に至る可能性もある病だ。黄熱病はワクチンを接種すれば免疫ができるが、マラリアはワクチンがないので、薬を飲むしかない。いずれも、媒介する蚊に刺されないことが重要だ。

東栄旅行では、危険地域へのツアーに際しては、黄熱病の予防接種を強く勧めている。一度受ければ生涯有効で、受けないと入れない国もあるので、添乗員はほとんどが受けている。マラリアは黄熱病ほど死亡率が高くないが、流行していれば、予防薬を飲んだほうがいい。

ただ、死にに行くのなら、対策は必要あるまい。そう考えると、暗澹《あんたん》たる気持ちになってくる。エチオピアの自然の驚異に触れて、考えを改めてくれるよう祈るしかない。

メケレへ向かう飛行機は、中型のプロペラ機であった。個人旅行の日本人も何組か見られる。話を聞くと、みなお目当てはダナキル砂漠だという。個人で行くのは無理なので、現地の旅行会社が催行しているツアーに参加するそうだ。

メケレもまた、標高が高く、過ごしやすい気候の町である。アディスアベバとは異なり、高い建物は少なく、看板も見られない。それでも、表通りは舗装されており、街路樹も植えられていて、雰囲気はよかった。

村瀬が左右を見回して正直な感想を述べる。

「あまりアフリカっぽくないね。黒人が歩いているんじゃなかったら、中国の内陸のほうの田舎町に思える」

「なるほど、中国資本が多く入ってますからね」

耕介は応じたが、例のごとくピントが外れていたようで、村瀬は首をひねっている。先輩添乗員が言うには、日本人の多くはアフリカに行ったとき、「あまりアフリカっぽくない」と感じるらしい。何しろ遠いから、野生動物やマサイ族といったステレオタイプのイメージが頭にこびりついているのだろう。

まずはホテルにチェックインして、移動の疲れを癒《いや》す。耕介は鍵《かぎ》を渡しながら説明した。

「町で一番のホテルですが、日本や欧米の基準で考えると、足りないところが多いと思います。ご容赦ください。ただ、このツアーでは、屋根のある部屋が貴重です。明日からテントですからね。高級ホテルじゃなくても、きっと恋しくなります。充分に味わってください。あ、水が出なかったり、お湯にならなかったりするときは言ってください」

お客が部屋に消えると、耕介はようやく汐見とゆっくり話す時間をとれた。同じ部屋なのだが、トラブルに備えて、ロビーで話す。

「僕はこのツアーに絶対の自信を持っているんです。どんな悩みを抱えた人でも、絶対に満足させられますよ」

　汐見は目を輝かせて繰り返した。成田でもソウルでもアディスアベバでも、彼はお客を前にそう言っていたのだ。あまり強調すると、期待のハードルがあがりすぎないか、と冷や冷やする。首尾良くハードルを超えられれば満足度は高くなるが、失敗する危険もある。

　汐見とは何度か挨拶《あいさつ》をしたことはあったが、一緒に仕事をするのははじめてだ。短髪に黒縁の眼鏡、背は低めだが、アクションが派手で、小さな身体を大きく使って話す。聞けば動物写真家の父とともに、子供のころから世界中を旅していたという。成り行きで添乗員になった耕介と違って、成るべくして成った人である。

「それにしても、いつも以上に気を遣《つか》うツアーになりそうですね」

　エルタ・アレの火口にアタックするのは五日目になるが、そこまでの行程にも危険はある。自分の身を守る気持ちがないと、厳しい道のりになるだろう。そもそも、九人が本当に自殺を考えていると仮定しての話になるが、汐見はどう考えているのか。

「最初に言っておきますけど、あの書き込みは僕じゃありませんからね」

　汐見は胸の前で大きくバツ印をつくった。

「どういう意味ですか？」

「社内に疑っている人がいるんです。定員を埋めるために、僕が掲示板に書き込みをしたんじゃないかって」

「それは考えすぎでしょう」

なぜだか、日向子の顔が浮かんだ。

「いくら数字が欲しくても、進んでリスクをとるなんて、ありえません」

「まあ、僕は正直、その手があったか、と思いましたけどね」

汐見は微笑して、固いソファーに身をあずけた。

「それは冗談として、僕はそこまで深刻にとらえていないんです。書き込みにあったように、これが〝自殺ツアー〟だとしても、参加する人は覚悟を決めているんじゃなくて、悩みや苦しみから抜け出して、生きる意欲を取り戻すきっかけを探していると思うんです。この旅は必ずきっかけになります」

たしかに一理ある。

「帰国する頃《ころ》には、きっと表情が変わってますよ。エルタ・アレにはそれだけのパワーがあります」

力説する汐見にうなずいて、耕介は質問の方向を変えた。

「火山の状況はどうでしょうか。私が以前に行ったときは、噴火があったみたいで、火口には近づけなかったのです。今回もその可能性はありますか」

汐見の表情が、若干くもった。

「ガイドが言うには、このところ火山はおとなしいようですが、こればかりは保証できません。いつ噴火が起こるかは、誰《だれ》にもわかりませんから」

「その場合は、自殺もできなくなりますね」

「そういう展開は、僕は望んでいません」

きっぱりと、汐見は言う。

「火口を見るのを楽しみに参加されたお客様に申し訳ないですからね」

「もっともです。失言でした」

耕介が謝ると、汐見は大げさに両手を振った。かまわない、という意味らしい。つづいて、手を下ろして身を乗り出す。

「国枝さんは信用できそうだ。教えておきましょう。実は、九人のなかでひとりだけ、とくに注意すべき人物がいます」

汐見は名簿の一点を指で示した。猪高友之《いたかともゆき》、二十七歳。職業はサラリーマン。アンケートの提出はない。代金は銀行振り込みで支払っている。耕介も名前と顔の確認はしているが、印象には残っていなかった。フリーターの女性や、四十五歳無職の男性のほうが気になっている。

「どのあたりが問題なのでしょう」

「彼だけ、海外が初めてなんですよ。成田でチェックしたとき、パスポートがきれいだったので訊いたら、そう言ってました」

「初海外でエチオピアは珍しいですね」

汐見は立てた指を横に振った。それはちがう、と言いたげだ。

「海外に行ったことがない人が直前参加って、変なんです。急に行きたくなっても、パスポートがないと無理ですから」

パスポートの申請には、東京の場合で最短で六営業日かかる。今回、年末に予約してから申請していては間に合わない。汐見は年明けにパスポートの有無や有効期限を確認してから、正式に予約を受けつけたという。つまり、猪高はパスポートをあらかじめ取得していたのだ。

「このあとに旅行の予定があったのかもしれません」

「もし自殺を考えているとしたら、それはないでしょう」

汐見は左右をうかがって、声をひそめた。

「彼が首謀者だとすると、パスポートを用意していた理由に説明がつきます」

「つまり、サイトに書き込んだのは猪高さんだと言うんですね」

「あくまで推測ですが」

汐見の説明には説得力があった。あまり意識しすぎるのはよくないが、機会があれば積極的に話しかけてみよう。悩みを聞いてあげれば、それだけで満足するかもしれない。少し光明が見えてきたと、耕介は思った。

3

一行はホテルのレストランで夕食をとった。参加者は、四つのテーブルに分かれて坐っている。部屋番号順、これはほぼ申込み順なので、旅慣れた本来の参加者たちは固まっており、さっそく話が弾んでいるようだ。

メニューはじゃがいものスープにヨーグルトをかけたサラダ、そしてメインは鶏肉《とりにく》とタマネギの炒《いた》め物である。炒め物はスパイスで味付けされており、カレーのような風味であった。これは味も香りもいいのだが、ヨーグルトにもスパイスがかけられていて、一同のとまどいを誘っている。

さて、エチオピア料理といえば、有名なのはインジェラである。テフというイネ科の植物を挽《ひ》いた粉を発酵させて焼いたものだ。見た目はトルティーヤやクレープに似た薄焼きのパンで、ぽつぽつと穴が開いており、くすんだ灰色をしている。

これにワットという唐辛子《とうがらし》をきかせた煮込み料理や、サラダなどのおかずを載せて供せられる。インジェラは皿替わりにもなっているのだ。

ここでも、インジェラはテーブルの中央に鎮座していた。赤いワットと黄色い卵焼き、そして緑の野菜が載っていて、色合いは美しい。

「お、これがインジェラか。噂どおり、ぞうきんみたいだな」

森平がまず一枚写真を撮ってから、手を伸ばした。はしっこをちぎって口に入れる。とたんに、顔をしかめた。

「味も噂どおりだ」

酸味が強くて、なかなか日本人の口には合わない。ぞうきんというのはひどい言《い》い種《ぐさ》だが、耕介は否定できなかった。

「ワットと一緒に食べると、けっこういけますよ」

汐見が実演して見せた。イモの煮込み料理をインジェラで包んで丸め、口に放《ほう》りこむ。辛味と酸味が調和して、味が深くなるそうだが、同意する者は少なかった。インジェラの隣においてあるパンがどんどん減っていく。

はじめて接する料理は、おいしくてもそうでなくても、場をにぎやかにしてくれるものだ。しかし、耕介たちのテーブルは沈黙の精霊が踊っていた。五人の男女がぼそぼそと食べ、水を飲んでいる。ただ、周りの様子をうかがっている気配はあった。

耕介の前には、猪高が坐っている。ボーダーの長袖《ながそで》シャツにジーパンという、ラフな格好だ。中肉中背の体格に特徴はない。目と唇が細く、薄い印象の顔立ちだが、端整と言ってもよいだろう。

「エチオピア料理はいかがですか。インジェラは変わった味ですが、この国でしか食べられないものですよ」

とりあえず話しかけてみるが、はい、とか、まあ、といった返事しかもらえない。耕介はどこかで食いついてくれないかと、質問を重ねる。

「登山の経験はありますか？　キャンプは？」

「今までの旅で、印象に残っているのはどこですか？」

「ダロール火山と、エルタ・アレと、アフデラ湖、どれが一番楽しみですか？」

「えーと、鳥取砂丘に行ったことあります？」

猪高も他のメンバーも、反応が薄かった。答えてもひと言なので、話がふくらまないのだ。人見知りだったり、ひとりが好きだったりして、話の輪に加わらない参加者はたまにいるが、それが多数というのは耕介もはじめてだ。やはり、旅を楽しむのではなく、別の目的で来ているのだろう。先が思いやられるが、進むしかない。

盛りあがらない食事が終幕に近づいたとき、女性参加者がぽつりと言った。

「最後の晩餐《ばんさん》がこんなのじゃあ……」

「え？　中竹《なかたけ》さん、どうしました？」

耕介はぎくりとして、口のなかのパンを強引に飲みこんだ。中竹まゆみは二十八歳の女性で、職業は団体職員とある。肌や髪にやつれた印象は否《いな》めないが、くっきりした二重の目が魅力的な美人だ。服装は黄色を基調としたリゾートワンピースで、冒険ツアーではやや浮いている。

「いえ、あの、食事がずっとこうだと、ダイエットになるかな、とか思ったりして」

稚拙《ちせつ》な言いつくろいであったが、耕介はにこりと笑った。

「出発してからの食事は同行するコックがつくってくれます。なるべく日本人好みの味付けにするようお願いしてありますから、安心してください」

キャンプといっても、お客はあくまでお客である。テントを張るのも、食事をつくるのもしなくてよい。発電機を運ぶので、スマホの充電も心配はいらない。簡易シャワーの装置もあって、至れり尽くせりだ。

「和食は……」

質問しようとして沈黙したのは、宇田川宏《うだがわひろし》という四十五歳無職の男性だ。筋肉が自慢らしく、半袖のTシャツから盛りあがった腕をのぞかせている。

「はい。みそも醬油《しょうゆ》も、もちろんお米も用意しています。梅干しも持ってきているので、ほしいときは言ってください」

「助かる……」

よどんでいた空気が、少し動きはじめた。さらに、芳醇《ほうじゅん》な香りがよどみを消し去る。

コーヒーが運ばれてきたのだ。

隣のテーブルでは感嘆の声があがった。中竹や宇田川も目をみはっている。エチオピアが誇る漆黒の液体は、芳香だけで人々を惹《ひ》きつけた。

「おいしい！」

中竹が一瞬、笑みを閃《ひらめ》かせた。

デミタスカップに注《つ》がれた深煎《ふかい》りのコーヒーは、苦味の奥に甘味と酸味を隠している。それが口中に広がって、得も言われぬ快感をもたらす。鼻に抜ける香りが余韻となって、頭をすっきりと冴《さ》えさせる。一杯ではとても足りない。おかわりの声が次々にかかる。

すかさず汐見が告げる。

「エチオピアには、茶道に似たコーヒー・セレモニーという文化があります。旅の終わりに、みなさまに体験してもらおうと思っています」

楽しみ、という声があがる。ただ、耕介のいるテーブルは、みな無言であった。気まずい沈黙を、森平の大声が打ち破る。

「でもよお、エチオピア人はこのうまいコーヒーに、砂糖をばかすか入れて飲むんだろ。もったいないよな」

それは事実で、エチオピアでは一杯のコーヒーに角砂糖を三個入れるのが当たり前らしい。しかし、もったいない、ということはなかろう。彼らからしてみれば、せっかくの美《お》味《い》しいコーヒーに砂糖を入れないなんて、という話になる。好きなように楽しめばよい。

「そんなこと、今言わなくてもいいでしょうに」

村瀬がつぶやいたものだから、耕介はあわてた。つい内心が漏れた、とするには声が大きい。明らかに聞こえるように言っている。村瀬をにらむ森平の機先を制するように、耕介は立ちあがった。

「みなさん、今夜はお疲れでしょうが、お休みの前に荷物の整理をお願いします。スーツケースはここにおいていきますから、必要なものをリュックに移してください。サングラスや日焼け止め、常備薬など忘れないように。もちろん、パスポートもです。集合は六時です。よろしくお願いします」

衝突は避けられた。一行はぞろぞろと部屋へ戻っていく。猪高が薄い笑みを浮かべて、参加者の列を眺めている。その視線が、耕介は気になった。

4

ダナキル砂漠のある低地を、アフリカ大地溝帯と呼ぶ。アフリカ大地溝帯は、中東のヨルダンのあたりから紅海を通ってアフリカ大陸東部を縦断する、巨大な地球の溝だ。幅は三十から六十キロ、長さは数千キロに及ぶ。これはプレートの運動によって、大地が引き裂かれてできたものだ。数百万年ののちには、アフリカ大陸は東西に分断されるだろうと推測されている。

ダナキル砂漠は海抜が約マイナス百二十メートル。二千メートルの高原から、一日かけて下っていく。畑の広がる郊外を過ぎても、舗装された道がつづいた。荒涼とした大地に伸びる一本の線を、日本製の四輪駆動車で駆ける。

お客は一台に三人ずつ乗車し、さらに添乗員やガイド、コックらスタッフが乗る車、料理をつくるための設備を整えたキッチンカー、食糧や物資を運ぶトラックの列が連なる。ツアー一行はまさに一大キャラバンの様相を呈している。お客の人数が増えれば、サポートの人員も車も物資も増える。これらを短時間で手配した汐見の手腕は魔術的である。くわしくはきかないほうがいいかもしれない。

お客は全員、窓ぎわの席に坐っているが、非日常的な景色を楽しんでいるのは最初だけだ。しだいに腰が痛くなり、無味乾燥な景色に飽きて、外を見ることはなくなる。時差ぼけに早起きが重なって睡眠不足のため、寝ている人も多い。

進むに連れて、気温があがっていく。朝は肌寒いほどで、上着が必要だったが、やがてエアコンがフルパワーで稼働しはじめる。

高原の恩恵をはずれると、砂漠の直射日光が大地に照りつける。さらに、マントルに近いこの地では、地熱も高い。上と下から温められて、夏になると、気温は摂氏《せっし》五十度にも達する。たとえ冬でも、日中に外で活動するのは無謀だ。ところが、この過酷な環境で生活する人々もいるのである。

見渡すかぎり砂と岩のほかは何もない。死の気配さえただよう岩砂漠を走り抜けた先に、アハメッド・エラの村があった。約五時間の道のりである。

山の陰に、木の枝や土でつくった質素な小屋が点在している。灰色と茶色の世界に、わずかな草が生えている。

「こんなところに住んでるの？　というか、こんなところに泊まるの？」

中竹が茫然《ぼうぜん》と立ちつくした。頼りなげな背中に、村瀬が声をかける。

「何言ってんの。わかってて来たんじゃないの？　こたつに入ったままじゃ、冒険はできないよ」

振り向いた中竹の表情は、大振りのサングラスに隠されている。村瀬がベテランらしくアドバイスを送った。

「砂埃《すなぼこり》がすごいから、髪はスカーフか何かで覆っておいたほうがいい。それに、長袖を着ないとダメ。日光とか虫とか、いろいろ危ないんだから、肌は出さないの」

中竹はこくりとうなずいた。

スタッフが早くも働きはじめている。トラックから荷物を下ろし、テントを設営する準備をする。発電機のモーターが回りだす。観光から戻ってきたときには、簡易ベッドつきのテントが用意され、テーブルの上に温かい食事が並んでいるだろう。

一行には弁当が配られた。パンにチキンの煮込みとレタスをはさんだサンドイッチと豆のサラダだ。日差しを避けて、車のなかで食べる。ミネラルウォーターが配った先からなくなっていく。

再び車は走りはじめた。ここからは銃を持った兵士が護衛につく。国境近くの、治安の悪い土地に入るためだ。旅慣れていない参加者が緊張しているのが、固そうな後ろ姿を見ただけでわかる。

舗装された道が途切れ、本格的なオフロードのドライブとなった。四輪駆動車は、濛々《もうもう》と土煙をあげ、サスペンションを酷使して走る。

やがて地面の質が変わった。白っぽく、表面が亀の甲羅のようにひび割れた平原に出る。ここがアサレ塩湖だ。「アフリカのウユニ塩湖」と称される絶景の地である。水をたたえた湖畔《こはん》で停車すると、森平が真っ先に車を飛びだした。

三脚を立て、カメラをセットするが、望む構図が得られないようで、舌打ちする。

「ダメだ。水が少なすぎて鏡にならん」

水は薄く広がっているが、塩原のひび割れがそのまま水面に出ていて、真っ平らにはなっていない。条件がそろうと、湖面が空を反射して天地の境目がなくなり、絶好の被写体になるのだが、この日はそこまでの絵にはならなかった。

「あれは特別に条件のいい日を選んで撮ったものですから。ウユニ塩湖も同じですよ」

「わかってるよ。もともと可能性は低かった」

森平は意外に物わかりのいいところを見せた。旅に出れば、思い通りにいかないことは日常茶飯事だ。それでも、地平線まで広がる白い平原は、見応《みごた》えがあった。氷と見紛《みまが》うが、すべて塩なのである。

「雨季には湖が広くなって、より美しい光景が見られますが、気温もあがりますので、来るのが難しくなります」

ガイドの言葉を汐見が訳して伝える。ガイドは英語を話すが、汐見はエチオピアでよく話されているアムハラ語もわかるらしい。身振り手振りをまじえて現地の人と話す姿は、日本人離れしている。

「ふっ、そんなものだろうな」

冷めた顔でつぶやいて、猪高が車に戻った。数人のお客がため息をついて、それにつづく。

汐見が引き止めようとして甲高い声をあげる。

「もういいんですか？　日本では絶対に見られない景色ですよ」

熱血添乗員は両手を大きく広げており、今にも飛び立たんばかりだ。新宿の雑踏でなら滑稽《こっけい》かもしれないが、この広い大地にはよく似合っている。ただ、熱意はどうも空回りしているようで、お客の足は止まらない。

「ここはあくまで前座で、メインは火山だ。あきらめるとするか」

三脚を片付けようとした森平を、今度はガイドが引きとめた。

「あちら側にカメラを向けておいてください。まもなく、いいものが見られます」

指さす先には、何も見えなかった。ただ、白一面の大地。そこに、褐色の点があらわれた。点はやがて線になり、まがりくねりながら近づいてくる。らくだの列であった。

重い塩のブロックを何十個も背負い、綱でつながれ、一列になって歩く。らくだは砂漠の船だという。それが塩の湖を行く。

幻想的な光景に、一同はしばし見とれた。車に帰った者たちも、猪高をのぞいて再び外に出ている。

「明日は塩の切り出しも見学します」

汐見が説明する。ダナキル砂漠で遊牧生活を送るアファール族は、古くから塩の交易に従事してきた。塩は人間の生活になくてはならないものである。塩湖は天然の塩田だが、その採掘と運搬は過酷な仕事だ。アファール族はイスラーム教徒だという。エチオピアはキリスト教徒が多数派を占めるが、イスラーム教徒も三割以上いて、共存している。

夢中でシャッター音を響かせていた森平が、満足して顔をあげた。

「よし、行こうか」

「はい、次はさらに期待できますよ」

汐見がうれしそうに応じた。

世界でもっとも低い火山。それがダロール火山だ。海抜はマイナス五十メートルほどである。

赤茶けた丘の頂きに立つと、この世のものとは思えない絶景が広がっていた。

「ここ、本当に地球なの？」

知識のあるはずの村瀬が、驚愕《きょうがく》に身を震わせている。森平も写真を撮るのを忘れて見入っていた。

「地獄か、火星か……いずれにしても別世界だ」

「映画で見たことあるかも。悪の総本山」

「毒の沼地だよ。歩くとダメージを受けるんだ」

寡黙《かもく》だったお客たちの口から、様々な喩《たと》えが出てくる。

耕介はダロール火山は三度目だが、そのたびに、自分が自分でないような不思議な感覚にとらわれる。大げさに言えば、アイデンティティの危機だ。それくらい、眼下の光景は常軌を逸している。

黄色に緑に赤に白、四色の絵の具を使って、三歳児が描《か》いた絵のようだ。多彩だが鮮やかではなく、互いに混ざり合って、無秩序な色の連なり。山吹《やまぶき》色の大地に、うぐいす色の池が湧《わ》き、ぶくぶくと泡を立てている。緑のグラデーションが美しくも妖《あや》しい。マッシュルームや鍾乳石《しょうにゅうせき》に似た奇岩は、黄色をベースに赤や白が混ざる。化学変化で生成された岩は、サンゴやコケのようにも見え、動かないながら生きているような趣があった。硫黄《いおう》に鉄にナトリウムにカリウム。脳裏に化学記号が浮かぶ。夜には水の上を青い炎が走るという。さぞ幻想的なことだろう。

「どうです。すばらしいでしょう」

ガイドと汐見が、両手を広げて自慢する。

「自由に散策してけっこうです。ただし、水や土に素手で触れないように。酸性が強いので痛くなります。肌の露出を避け、サングラスやマスクをしたほうがいいでしょう。カメラやスマホの扱いにはくれぐれも気をつけてください。落としたら確実に壊れます」

そう言われても、なかなか一歩を踏み出せない。

最初に坂を下りたのは、待田泰文《まちだやすふみ》という小柄な中年男性だ。早々に申込みをすませていた旅好きのひとりである。名簿によれば四十八歳の会社員で、東栄旅行のツアーは初めての参加だが、二年に一度は海外旅行を楽しんでいるという。

緑の池のほとりで、待田は一行を振り返った。

「みなさんもどうぞ。私が鉱山のカナリアになりますから」

気障《きざ》な物言いに、耕介は少し驚いた。待田はこれまで物静かで、人の話を聞いて穏やかに笑っているだけだったからだ。メンバーに慣れて、地が出てきたのだろうか。だとしたら喜ばしい。

「楽しそうじゃない」

村瀬が耕介にカメラを押しつけて、あとにつづく。それをきっかけに、参加者たちは三々五々、濃密な色彩の世界に散った。

耕介はあずかったカメラやスマホで写真を撮っていく。中竹が村瀬と並んで楽しそうに歩いている。気分が上向いてきたようだ。靴の裏が黄色になったのを見て、小さな叫び声をあげたり、硫黄臭に鼻をつまんだりしていて微笑《ほほえ》ましい。

筋肉自慢の宇田川は、ひとりで歩いていた。一歩ごとに下をたしかめて、おっかなびっくりの様子である。弁当を食べるときまではかたくなに半袖をつらぬいていたが、今は薄いパーカーを着ている。周りからしつこく言われて、改めたようだ。この炎天下で肌をさらすのは自殺行為である。

……自殺を考えている者は、今のところいないようだった。急に参加を決めた者たちはどことなくなじめない様子であったが、見えない壁は段々と低くなってきたように思われる。村瀬や森平がアドバイスしたり、知識を披露したりしたおかげだ。また、同じ車に乗っていたメンバー同士は打ち解けたようで、その三人で連れ立っているグループも多い。

「絶景は人を強くするんです。自然に比べれば、人は小さい。その認識が心を軽くし、悩みを忘れさせるのです」

汐見の言葉は観念的に思われていた。しかし、ダロールを見たあとでは、実感せざるをえないだろう。

今や、ほとんどの参加者が異世界に下りていた。丘に残っているのは、カメラに向かってぶつぶつとつぶやいている森平くらいである。

「何と言うか、失敗した目玉焼きみたいだな。それとも、ひしゃげたモンブランか。しかし、人が多すぎて、いい写真が撮れないじゃないか。早くどいてくれないか。ああ、また……」

その様子を、冷ややかに見つめている者がいた。要注意人物の猪高である。彼もまた、残っていたのだ。耕介には気になるところがあった。猪高は風景ではなく、人を見ているように思われる。添乗員なら当たり前だが、お客としては妙だ。

耕介は近づいて話しかけてみた。

「猪高さんは下りないのですか」

「ええ、ここからで充分です」

視線を合わさずに、猪高は答えた。

「でも、みなさん、楽しそうですよ」

「ええ、それを眺めるのも一興です」

やはり、人を見ているのか。どことなく不気味な気配を感じつつ、耕介はさらに訊《たず》ねた。

「どうしてこのツアーに参加されたのですか」

「神のお告げです」

答えて、猪高は薄く笑った。

「……と言ったら、信じますか？」

人を喰《く》った物言いだったが、耕介は正面から応じた。

「たぶん、信じるでしょうね。いろいろな方がいらっしゃいますから」

「その神様はすばらしい神様ですよ！」

汐見が強引に割りこんできた。

「何しろ、ダナキルツアーは世界最高のツアーですから。ダロールにしても、エルタ・アレにしても、ほかでは絶対にできない体験ができます。人生が変わりますよ」

猪高が皮肉っぽく問う。

「あなたの人生も変わりましたか？」

もちろん、と汐見は胸を張る。

「僕は最初、大手の旅行代理店に勤めていたんです。でも、現場の仕事はほとんどなく、たまにあってもメジャーなツアーばかりで、新しい企画を提案する機会すらなかったんです。そのときにダナキルを知り、この場所を広めたいと思って、転職したんですよ。おかげで、今はとても充実しています」

「それはよかった」

猪高は冷ややかに言った。

「でも、すべてがいい方向に行くとはかぎらないでしょう。相手は自然です。さっきの塩湖のように、望む景色が見られないことだってあります。私は失望しますよ。運が悪かった、ですませられますか？　旅は人生、人生には運不運がつきもの。だから、不運も受け入れるべき。そんな論理じゃ納得できませんよ」

どうも話がずれている気がしてならない。あるいは意図的かもしれない。自殺うんぬんは抜きにしても、猪高は困った客である。こういうとき、耕介は議論はしない。ひたすら聞き役にまわるのが基本姿勢だ。

しかし、汐見は明らかに違う考えを持っていた。意地の悪い論法を振り払うように、大きなアクションで訴える。

「旅というのは、目的地だけじゃないんです。出発して帰りつくまで、すべてひっくるめて旅なんです。人生だって同じこと。トータルで考えてください。エルタ・アレであなたの望む光景は見られないでしょう。でも、あなたはこの旅に、きっと満足するはずです」

猪高は細い目をかすかに見開いた。

「ふっ、期待してますよ」

言いおいて、話は終わったとばかりに後ろを向く。

猪高が望む光景とは何だろう。耕介は疑問に思ったが、猪高の背中は問いを拒絶している。汐見に視線を送ると、首を横に振られた。またあとで、ということらしい。猪高に厭《えん》世的《せいてき》な傾向があるのはわかったが、自殺につながるとは思えない。

散策の時間は終わった。参加者たちは車に乗り込み、ダロール地区で特徴的な地形を回りながら、アハメッド・エラへと戻る。

塩でできたキノコのような奇岩は、トルコのカッパドキアを思わせた。地中から湧き出る硫黄泉や塩水泉は、温泉にはちがいないが、毒々しい色をしていたり、逆に澄みすぎていたりして、入る気にはなれない。油の湧き出ている池もあった。もちろん、魚影はない。油の池を泳ぐ魚……想像すると、なぜか胃がもたれてきた。

ダナキル砂漠は、地球がむき出しになっている場所だ。ひと皮むけば、灼熱《しゃくねつ》のマグマが顔を出す。水と緑に覆われた地表は、かりそめの姿なのかもしれない。そんな想像さえ浮かんでくる。

「しかし、暑いのと臭いのはたまらんな。何とかならんのか」

森平の不満に、汐見が答える。

「ここでは見るだけですが、後半のアフデラ湖では温泉入浴が楽しめますよ。それから、キャンプ地では水浴びもしていただけます」

「パンフレットに書いてあったでしょ。それくらい、読んどかなきゃ」

村瀬が指摘すると、森平が声を荒らげた。

「いちいちうるせえな。わかってても訊きたいときがあるんだよ」

「まあまあ、質問があったら、いつでもどうぞ」

耕介はあわてて割って入った。本気の喧嘩《けんか》とは思えないが、この先、疲労が溜《た》まってくると、些細《ささい》なきっかけで暴発しかねない。実際に、ダナキルツアーでは、毎回のように喧嘩が起こっているのだ。

「それだけ、本当の自分をさらけだしているんですよ。旅は心を解放しますから」

汐見はもしかしたら、喧嘩上等だと考えているのかもしれない。耕介はとにかく平穏に、と祈るばかりである。

5

アハメッド・エラのキャンプ地は、ホテルさながらに設備が整えられていた。テントはドーム型のものがひとりにひと張ずつ設置されている。地面が固いので、簡易ベッドを入れて、その上に寝袋を敷いて寝る。水は驢馬《ろば》を借りて近くの井戸から運んだ。ビニールシートで囲って、水浴び場がつくられている。

夕食はコックが村のかまどを借りて、ピザを焼いてくれた。チーズの焼ける匂《にお》いが食欲をそそる。

さらに、ビールやワインも冷えているのだ。村に店があるわけではない。持ちこんだ発電機と冷蔵庫のおかげである。ビールの値段はそれなりにするが、注文が相次いだ。数に限りがあるし、酔っ払われても困るので、ひとりあたり二本までにしてもらう。

「こんなにしてもらって、申し訳ないような気持ちになりますね。料金が飛び抜けて高いわけでもないのにねえ」

椅子《いす》に案内された待田が言った。大勢のスタッフがツアー客のために働いている。それ自体はホテルやレストランと変わるところはないのだが、自分たちのためだけ、という点が特殊である。

「エチオピアは物価が安いので、このツアー料金でやっていけるのです。観光業が発展すると値段は上がります。人気が出てほしいとは思いますが、値段が上がると気軽に参加できなくなるので、難しいところですね」

耕介が本音を言うと、汐見が顔を赤くして反論した。

「それは違います。観光を通じて、現地の人に豊かになってもらう。これが一番大切です。物価が上がると困る、なんて考えは傲慢《ごうまん》です」

「たしかにそうですね。すみません」

耕介が素直に謝ると、待田が手を叩《たた》いた。

「あんたはすごいなあ。年下に注意されて、率直に非を認めるなんて、なかなかできることじゃない」

「いえ、そんな……」

別に本社の人だから、というわけではない。もともと素直なのが取り柄だ、と評される耕介だ。照れるので、話題を変える。

「ダロール火山はいかがでしたか」

「いやあ、壮観でしたな。地獄へ行く予習ができましたわ」

「またまた、そんな」

微妙な冗談を言われると、反応に困る。とくに今回は、死を連想するような物言いは避けてほしいところだ。待田は有能なビジネスマンなのだろう。周りに気を遣えて、偉ぶるところがない。プライベートでもそういう態度をとれる人はなかなかいない。ただ、冗談の方向性が問題なのだ。とはいえ、事情を説明するわけにもいかないので、耕介は別の人物に視線を移した。

「森平さんは、いい写真が撮れましたか」

「ああ、なかなかの収穫だ。ダロール火山もだが、ラクダの列がよかったな。プリントしてみて出来がよかったら、コンクールに出そうかと思う」

森平はひとしきり、コンクールでの入賞歴を語った。旅行に行っては写真を撮りまくり、自治体や新聞、雑誌などが主催するコンクールに応募しているらしい。待田が的確な質問で、話を引き出してくれたので、場が盛りあがった。

野外での食事は食欲を増進させる。ピザはベーコン、タマネギ、ピーマンの具にチーズとトマトソースをかけたオーソドックスなものだったが、お客たちは次から次へと口に運んでいる。付け合わせのフライドポテトとにんじんスープも好評だ。

「全然アフリカっぽくないなあ」

つぶやいているお客もいたが、汐見が笑顔でインジェラを勧めると黙ってしまった。いつの間に手に入れていたのか。

日が傾いてきたので、ライトが灯《とも》された。荒野に沈む夕日は赤く大きく、どことなく不気味である。急激に気温が下がってくるので、みなに上着を着るよう勧める。風邪《かぜ》でも引いたら、この先のハードな行程は乗り切れない。

耕介から遠いところで、どうしてこのツアーに参加したのか、という話題が盛りあがっていた。内容はわからないが、笑い声があがっていることからすると、深刻ではないようで、ほっとする。話を聞いていた汐見が親指を立てたサインを送ってきた。心配するようなことではなかったのだろう。ただ、全員がそうであるとはかぎらない。とくに、要注意の猪高はテーブルの端に坐っていて、どの会話にも加わっていない。耕介は同じく黙々と食べている猪高には質問してもどうせまともに答えてもらえない。

宇田川に訊ねた。

「毎日トレーニングされているのですか」

自慢の筋肉についての話題なら、乗ってくれるだろうと考えた。

「ああ、いちおう」

デザートのドライマンゴーを頬張《ほおば》って、宇田川が答える。意外に少食のようで、ピザのおかわりはしていない。

「旅先だと不自由なこともありますよね。器具がなくてもできるものなのですか」

「まあ、スクワットくらいだけど」

「最近、筋トレする人が増えてますよね。私もひ弱なので、鍛えようかな、と思っていますが、忙しくてなかなか手をつけられません」

はあ、と応じて、宇田川は黙りこくってしまった。

よくない発言があっただろうか。内心で頭を抱えていると、ビールで顔を赤くした待田が語りはじめた。

「大地溝帯は人類のゆりかごと言われているでしょう」

「はい。そういう説がありますね。アウストラロピテクスをはじめとする初期人類の化石が多く発見されています。一番有名なアウストラロピテクスの『ルーシー』は、アディスアベバの博物館で、レプリカが見られます」

アウストラロピテクスはアファール猿人とも呼ばれている。約四百万年前から百万年前まで生息していた初期人類の一種である。直立歩行していた猿人で、かつてはもっとも古い人類だとされていた。近年は大地溝帯からも別の場所からも、より古い人類の化石が発見されている。人類がアフリカで生まれて、地球上に広がっていったことはほぼまちがいない。その頃は今とは気候が違っており、このあたりにも緑が多かったという。

「私は死ぬ前に一度、人類の誕生の地を見ておきたかったんですよね」

またただ、と思いながら、耕介は応じた。

「スケールの大きな話ですね」

「そんなのじゃありませんよ。ただ、余命宣告されているものですから、後悔のないように、と思いましてね」

そうですか、と、うなずきかけて、耕介は目を見開いた。あまりに穏やかな口調だったので、内容がすぐに頭に入ってこなかった。余命宣告……つまりガンなどで治る見込みがないということだろうか。

「深刻じゃないんですよ」

待田自身が、苦笑混じりに沈黙を打ち消した。

「人はいつか死ぬんだし、私は今まで好き勝手に生きてきましたからね。このツアーに参加したのは、最後のわがままです。このあとは家族と旅行しますよ」

「えっと、今はお身体は……」

「このとおり、大きな問題はありませんよ。医者の許可も得ています。無理そうだったら、あらかじめ言いますから」

待田は淡々として、悟りきっているようだった。もちろん、それまでには様々な葛藤《かっとう》があったのだろうが、それを見せてはいない。

「でも、どうしておれたちに明かしたんですか。同情を誘うためですか」

冷ややかな声を投げかけたのは、やはり猪高である。端の席で半身になって頬杖《ほおづえ》をつき、興味深そうに待田を見ている。

「そうですねえ。今さら同情してもらいたいとは思いませんが、わかってほしい気持ちはありますね」

礼を失した問いにも、待田は丁寧に答える。

「このツアーには、悩みを抱えている人がいるようです。私もずいぶんといろんなところを旅してきましたが、旅で悩みが晴れるか、というと、必ずしもそうとはかぎりません。だって、結局その人しだいですからね。進むのか、退くのか、決めるのは自分です。背中を押されたように思うのも、押されたがっているからでしょう」

「つまり、何が言いたいんだ」

猪高が顔をしかめて訊ねた。

「人はね、死に場所を探しに行くとか、そういうことはないんです。旅に出る時点で、生きようとしているんです。自分の心の声に、しっかり耳を傾けたほうがいい」

「勝手なことを。死にかけているからって、説得力があるってわけじゃねえぞ」

「それがあるんですよ。だから、告白したわけです」

待田がちらりと向けた視線の先で、中竹が顔を覆っている。村瀬が肩を抱いて、席を立たせた。

猪高が舌打ちして、ミネラルウォーターをあおる。はらはらしながら見守る耕介をよそに、待田は猪高に告げた。

「あなたもね、考えたほうがいいですよ」

「つまらん説教は御免だ」

猪高が細い目を剣のようにしてにらんだが、待田は恐れいる気配を見せない。

「仲間がほしいのか、それとも見たいのかはわかりませんがね、そのエネルギーは別の方向に向けたほうがいいと思いますよ」

「ちっ、くだらねえ」

吐き捨てて、猪高は立ちあがった。そのまま、自分のテントのほうに歩み去って行く。

待田が痛ましげに、後ろ姿を見送る。

「どうもすみません。つまらない話をしてしまいました」

「あ、いえ、そんな……ありがとうございます」

耕介は礼を述べて頭を下げた。それでも、言っておかねばならないことがある。

「今回はよかったと思いますが、あの人をあまり刺激しないほうがいいかもしれません」

「ああ、そうですね。私は怖いものはありませんが、あなたがたに迷惑がかかってはいけない」

「私はいいんです。とにかく、ツアーを安全に進めて、みなさんに楽しんでもらえればと思っています」

「ええ、心得ていますよ」

微笑して、待田も席を立った。

食事が終わって、お客たちがそれぞれのテントに引っこむと、耕介と汐見は情報交換をおこなった。

ぎりぎりに申しこんだ参加者のうち五人は、インターネットの生放送がきっかけだったという。アイドルが写真とともに紹介していたので、興味を持ったのだそうだ。ひとりは秘境の旅行記を読んで行きたくなったという。何ヵ月も先だと待ちきれないので、いつも間際に予約するのだそうだ。

「……というわけで、自殺志願者ばかりというのは、考えすぎでしたね」

汐見のほうはいい報告だったのだが、耕介のほうはその逆である。待田の告白と猪高との対立は、予断を許さない。中竹の様子は確認できていないが、村瀬がＯＫのサインを送っていたから、任せておこうと考えている。

「わかりました。待田さんも注意して見守りましょう。中竹さんは吹っ切れてきたようですが、宇田川さんはまだ安心できないところがありますね」

「猪高さんの目的は何なのでしょうか。待田さんはどうも気づいているみたいなのですが、私には今ひとつ理解できないのです。そういえば、汐見さんも、ダロールで言ってましたよね。たしか、望む光景がどうとか」

汐見はしばらく考えてから首を振った。

「僕は確証があるわけじゃなくて、その場の勢いで言っているところがあるので、あまり気にしないでください。国枝さんには、全体を見ておいてくれればと思います。あとはエルタ・アレの力に任せます」

耕介は半ばあきれた。汐見は雰囲気に合わせて適当に話しているな、と思っていたが、自覚していたのか。お客に対してやるのはいずれ問題になりそうな気もするが……。そして、自然の力に任せるのはどうなのか。

もっとも耕介に妙案があるわけではない。あらかじめ考えすぎるのもよくないだろう。予習はしつつ、臨機応変に、が信条である。今回は情報を集めながら、出たとこ勝負で行くしかない。

耕介は汐見と別れて、テントに向かった。もぐりこむ前に、満天の星を見上げる。くっきりと明るい天の川が、悩みを消し去ってくれるようだった。

—— 6 ——

翌日は朝から塩の採取現場を見学に行った。照りつける陽光のもとで、アファール族の男たちが大勢、働いている。

まず、杭《くい》やつるはしを打ちこみ、てこの原理を利用して、地面から大きな塩の板を取り出す。それを同じ寸法の板に切り出して、ラクダやロバに積む。見ているだけで筋肉痛になりそうな、大変な力仕事であるとともに、技術と熟練を要する仕事でもある。暑熱と乾燥の過酷な環境が、さらに仕事を困難にしている。

「あまりに体力を消耗するので、週に二日しか働けないそうです」

ガイドの解説にも納得である。

一同が感心して見守るなか、中竹が涙ぐんでいるのが印象的であった。村瀬が近づいてきて、ささやいた。

「彼女、婚約してて仕事も辞めたのに、直前で破棄されちゃったんだって。相手がよそで子供つくったとかで。それで絶望してたんだけど、このツアーで少し気持ちが前向きになったみたい」

そんなことまで教えてくれなくていいのに。耕介の心の声が届いたのか、村瀬は意味ありげに笑った。

「まだクライアントじゃないから。帰ったら、相手の男から慰謝料ふんだくってやる。私、そういう負けない戦が得意なの」

「さすが敏腕弁護士……って、負けない戦なら私も得意ですよ」

「残念。資格がないとできないからね。ま、それでけりがついたら、新しい人生をはじめられるでしょ。まったく、結婚なんてしようとするからそんな目に遭《あ》うんだと、私は思うけどね」

村瀬は過激な独身主義者らしい。そうですね、と適当にあいづちを打っていると、じろりとにらまれた。

「本当はそう思ってないんでしょ」

「いいえ、そんなことは……あるかもしれません」

「素直でよろしい。君はまだ若いから、それでもいいよ。結婚に向いている性格だと思うし。あ、彼女はどう？　今なら簡単に落とせるかも」

「そういう冗談はやめてください。私はともかく、お客様に失礼です」

毅然《きぜん》として言うと、村瀬はごめんごめんと繰り返した。

塩の板を満載したラクダの列を見送って、一行も出発する。いよいよエルタ・アレ登山のベースキャンプに向かうのだ。

荒野に刻まれた轍《わだち》を踏んで、四輪駆動車が走る。前が見えないほどの砂塵《さじん》が巻きあがるため、車間距離をとってのドライブになった。はぐれないよう、無線で連絡をとりながら進む。車体はときに激しく揺れ、乗客も頭をぶつけそうになる。尻《しり》や腰への負担も大きい。耕介は同乗のお客から、まだかまだかと問われつづけて、つらい時間を過ごした。幸いにして、車は故障することなく、走りつづける。

昼食のために休憩をとったときである。耕介と汐見は現地ガイドに呼ばれた。

「ドライバーから苦情がきています。変な客がいるそうです」

笑いをこらえる様子で、ガイドが告げた。

「車のなかでペットボトルをひっくり返して、頭から水をかぶっているんです。他の客が迷惑しているし、シートが濡《ぬ》れて拭《ふ》くのが大変です。やめさせてくれませんか」

まさか宇田川か。ちらりと横を見ると、汐見も顔色を変えていた。

「もしかして、漏らしてませんか」

汐見の指摘に、ガイドが笑いを引っこめた。

「確認してみましょう」

三人で、当該の車へと走る。誰かが小便を漏らしたのをごまかすために、水をかぶったのではないか、と、汐見は疑ったのだ。砂漠ではどこに行ってもトイレはなく、休憩時であっても野外で用を足すことになるので、我慢する意味はないはずだが、止めてくれと言い出せない人はいる。

しかし、結果的には、正しいのは耕介のほうだった。苦情のあった車の陰で、水で全身を濡らした宇田川がスクワットをしていたのである。車のシートを確かめたが、漏らしたような形跡はなかった。

耕介はゆっくりと近づいた。

「宇田川さん、ほかのお客様やスタッフが困っていますので、車のなかで水をかぶるのはご遠慮ください」

宇田川はスクワットを止《や》めずに応じた。

「暑いんだ」

答えになっていない。暑いのはみな同じだ。ただ、車内はエアコンが効いているから、耐えられないほどではない。ドライバーに確認したところ、エアコンの故障はないそうだ。

「それはわかりますが、車のなかでは控えてください。水の支給もこれからは制限されますよ」

「……四十九、五十」

数えて、宇田川はこちらを向いた。

「じゃあ、止めておこう」

耕介はほっとするまもなく、同乗のお客を探した。岩陰で一服していたふたりを見つけて、頭を下げる。

「ああ、変な人ですよね。こちらが話しかけても、ろくに答えてくれないんです」

「水もそうだけど、狭いスペースで腹筋したりするんだよ。汗臭くてねえ」

「申し訳ございません。私たちと席を交換しましょう」

耕介と汐見は、宇田川と同じ車に乗ることになった。これでお客に迷惑をかけずにすむし、監視もできる。

ベースキャンプまでの道のりでは、宇田川はおとなしかった。今日のノルマは終わったとのことで、トレーニングもしていない。ただ、会話には乗ってこなかった。上下左右の振動に合わせて身体を動かし、ときおりぶつぶつとつぶやいている。

一行の車列は悪路を順調に進み、日が傾く前にベースキャンプに到着した。

この辺りの大地は起伏が少なく、エルタ・アレのなだらかな山頂がはっきりと見えている。薄い噴煙が風に流れているほかは、活動中の火山であることを示す材料はない。単なる丘のようにも見える。山頂の海抜は六百メートルほどで、ベースキャンプとの標高差は約四百五十メートルであり、登山自体は困難ではない。

しかし、すでに足もとは冷えて固まった熔岩《ようがん》である。丈の低い草がまばらに生えているだけで、生命の息吹《いぶき》には乏しい。

ベースキャンプには日差しを防ぐ石造りの小屋がいくつかあるのみで、住んでいる者はいない。岩盤が固くてテントも張れないので、簡易ベッドを置いて、星空の下で寝《やす》む野天泊となる。これがひとつの醍醐味《だいごみ》だ。

近くに水場はないので、この日は水浴びもない。食事はコックが羊肉とキャベツのシチューを作ってくれた。インジェラは敬遠してパンとともに食べる。トウガラシをはじめとするスパイスが利いていて、食べると力が湧いてくるようだった。登山の前にはありがたい食事だ。

このあと、仮眠をとって夜中に出発し、朝に山頂に着く予定である。エルタ・アレには丸一日滞在して、翌日の深夜から朝にかけて下山する。日中の暑熱を避けて、早朝に行動するスケジュールだ。現地手配のツアーなどでは、夕方登って朝下りる強行軍がほとんどだが、東栄旅行は汐見のこだわりで滞在時間を長くとっている。少しでもよい条件で火口を見てもらいたい。

耕介は小屋のひとつに入って、汐見とガイドと三人で打ち合わせをおこなった。英語での会話である。

「いまのところ、火口付近に危険はありません。しかし、溶岩湖は煙に覆われていて、近づけるところからだと、あまり鮮やかには見えないかもしれません」

ガイドの報告に、汐見は顔をしかめている。

「私が去年来たときも同じような状況でしたが、お客様には満足していただけましたよ」

耕介が言うと、汐見は力なくうなずいた。

「わかっています。南北の火口を回り、昼間も見学していただきます。あとは天に任せましょう」

「それより、宇田川さんは連れて行っても大丈夫でしょうか」

宇田川が精神的に不安定になっているのはまちがいあるまい。例のないことではないが、場所が場所である。どう対処するべきか。そして、万一、宇田川が危険な行動に出たらどうするか。数人がかりでないと止められないだろう。

「残すならば、我々のどちらかが残らなければいけません。本人を説得するのも困難でしょうから、現実的ではありません。連れて行きましょう」

汐見の意見は、予想していたとおりである。異論がないではなかったが、あえて主張するほど自分が正しいとは思えない。

「わかりました。ほかに体調が悪そうな人はいませんか。待田さんは確認しましたが、元気いっぱいの様子でした」

お腹《なか》を壊している人はいるが、行くと言い張っているという。熱でもないかぎり、無理には止めない。途中で具合が悪くなったら、ラクダに乗せることになる。ラクダは馬に比べると乗り心地がよくないそうだから、相当つらいだろう。

そして、懸案の猪高である。耕介が怖れているのは、猪高が誰かを突き落とすことである。夜は火口ぎりぎりまでは近づかないから、落ちるまではないにしても、不意を打たれたら、大怪我につながる。

「それはないでしょう」

汐見があっけらかんとして言った。また適当なことを、と思ったが、どうやら考えた結果らしい。

「今日まで見ていて確信しました。猪高は斜にかまえていて、安全なところから人を観察して冷笑するタイプです。自分で手を出したりはしないはずです。誰かが溶岩湖に身を投げるシーンを見たいのでしょう」

「そんな……」

「そのために、あんな書き込みをしたのだと、僕は思っています。最低の男ですよ」

そういえば、待田も「仲間がほしいのか、それとも見たいのか」と言っていた。猪高が自殺するような男とは思えない。趣味の悪さは擁護《ようご》のしようがないが、見たい、という動機は彼ならありえる。

「では、猪高さん本人より、宇田川さんたちをケアしたほうがいいですね」

「そうです。きっと喜んでくれると思います」

自信たっぷりの汐見の発言で、ミーティングは終わった。仮眠をとって、三時に起き、出発する予定だ。

耕介はベッドの上で寝袋にくるまった。熔岩の大地に横たわって、夜空に包まれる。あふれんばかりの星が今にも落ちてきそうだ。

話し声は聞こえず、ベースキャンプは静まり返っている。お客たちもこの星空を眺めて感傷にふけっていることだろう。澄んだ大気を通してみると、星々の明るさや色の違いがはっきりとわかる。どの星が自分なのか。そんなことを考える。寝息が聞こえてくる。耕介もいつのまにか、眠りに落ちていた。

― 7 ―

早朝四時を前にして、一行は登山を開始した。荷物を運ぶポーターとラクダを先行させて、軽装でのアタックとなる。

懐中電灯の明かりを頼りに、一歩ずつ足もとを確かめながら進む。傾斜はゆるやかだが、でこぼこした地面が多くて歩きにくい。ガイドの歩くスピードが速すぎるので、何度か声をかけなければならなかった。

楽しみだな、と言い合っていた一行も、徐々に口数が少なくなり、やがて黙りこんだ。闇《やみ》のなか、かぼそい光の筋をたどって歩くのは、肉体的にも精神的にもつらい。旅の疲れがピークに達する時期でもある。元気なのは、富士山のご来光を見たことがあるという村瀬くらいだ。最後尾についた汐見が、脱落者がいないか見守っている。耕介は列の半ばで、宇田川のたくましい背中を見ている。

一時間歩いて休憩をとる。ひとりずつ健康チェックをおこなう。今のところは大丈夫そうだ。

やがて、東の空が白みはじめてきた。太陽の気配が空に満ちるとともに、星が消えていく。意識せずに、一行のペースがあがる。

「見て！」

叫んだのは中竹だった。足を止めて右の方向を指さす。

光の束が空を走って、朝日が顔を出した。大地を白く明るく染めて、わずかに残っていた闇を吹き払う。

一行は立ち止まって、しばし見とれた。

「アフリカの朝、か」

森平がつぶやきながら、次々とシャッターを切る。

黎明《れいめい》の陽光を受けた横顔はどれも美しい。耕介は自分のカメラで写真を撮った。あとで送れば喜ばれるだろう。

明るくなってくると、足どりも軽くなる。熔岩と火山灰を踏みしめ、大きな岩を回りこみ、小さな石を蹴《け》り落として進む。一時間ごとに休憩して、水分を補給し、足の筋肉をほぐす。汗を拭く。日焼け止めを塗る。

四時間かかって、山頂に到着した。リュックを下ろして、ほっとひと息つく。だが、目的は登山ではない。ここからが本番だ。

パンとコーヒーで軽く朝食をとると、すぐに出発の時間となった。

「さっそく、溶岩湖にご案内します」

ガイドが大きく手を振っていざなう。耕介と汐見は手分けして全員にガスマスクを配った。命の危険があるわけではないのだが、硫黄の臭《にお》いが強いので、気になる人はつけるように、と説明する。

「もうすっかり明るいけど、暗いほうがよく見えるんじゃないの？」

村瀬の問いに、耕介は答えた。

「はい。熔岩が美しいのはやはり夜ですが、日中は火口に近づいたり、下りたりできますから、また別の楽しみがあります。もちろん、夜もご案内します」

火口まで、かつて流れ出して固まった熔岩の上を歩く。濃い灰色で独特の光沢を持つ熔岩は、たくさんのひだがあったり、あるいは管のように空洞があったりと、様々なかたちをしている。しゃがみこんで観察すると、毛のように揺れているガラス繊維、小さな粒が水滴のように見える火山涙《かざんるい》などが見つかった。

ゆっくりと十五分ほど歩いて、火口にたどりついた。際《きわ》まで行っても、柵《さく》も金網もロープもない。熔岩の湖がむき出しになっている場所だ。

あちこちで噴煙があがり、風で流れて広がっている。熱気と臭気が迫ってきて、思わずのけぞってしまう。目がちかちかし、喉《のど》がひりひりするが、耕介は我慢した。ガスマスクをつけると、視界が狭くなってしまう。

煙がじゃまで、溶岩湖の表面はよく見えない。ところどころに、紅《あか》い光が閃く。熔岩がゆっくりと流れているのだ。

参加者のひとりが不安そうに訊ねた。

「こんなところまで近づいていいのか？　いつ噴火するかわからないんだろう？」

「ええ、そのとおりです。でも、横断歩道を渡っていても、車に轢《ひ》かれるかもしれない。それと同じですよ」

汐見が派手な手振りで無茶な説明をしたとき、真ん中の辺りで小さな火柱があがった。熔岩のしぶきが四方に飛ぶ。参加者たちは思わず後ずさった。交通事故と同じレベルで語れるはずがない。

「地球上でここでしか見られない絶景です。どうかご堪能《たんのう》ください」

汐見は言いながら、宇田川と猪高に視線を送っている。宇田川はTシャツ姿で、じっと火口を見つめていた。怖いくらいに真剣な表情で、ひと言も口をきかないので、はらはらしてしまう。その宇田川を、猪高が見ていた。口もとに冷笑が浮かんでいる。やはり、飛びこむのを期待しているのだ。

待田はガスマスクをつけ、少し火口から離れて坐っていた。耕介は近づいて話しかけた。

「体調はいかがですか」

「おかげさまで、何とかもちそうですよ」

マスクのせいで聞きとりにくく、表情もわからないが、待田は微笑しているのだと感じた。満足げな雰囲気がただよっている。

「夜はもっときれいに見えますよ。楽しみですね」

「ええ、期待しています」

国枝君、と呼ぶ声がした。村瀬だ。

「この熔岩、乗っちゃダメかな」

「ダメです」

耕介は即答した。村瀬が指さしているのは、火口のふちである。端のほうは黒灰色に固まっているが、数メートル先ではぶくぶくと泡立って動いている。固まっているように見えても、奥のほうはきっとマグマだ。人の体重を支えられるかどうか。

いちおう、ガイドに訊いてみると、靴の先で突くくらいなら、あまり危険はないという。

あまり、である。耕介の立場としては、止めるべきだ。

しかし、英語のわかる村瀬は、さっそく足を出した。

「ちょっと温かい。あ、だんだん熱くなってくる」

「それくらいにしておきましょうよ」

　中竹に言われて、村瀬は足を引っこめた。

「あんたもやってみなよ。記念になるから」

「え、いや、私は……」

「いいからいいから。これやっとけば、あとの人生が楽になる。動いてる熔岩に足を乗せた女なんて、滅多にいないから。自信になるって。はい、国枝君、そっちの手を握ってて」

　その自信ははたして役に立つのか。疑問に思いつつも、耕介は手を差し出した。中竹が手をつかみ、反対の足をちょこっと熔岩に乗せる。

　不安そうだった眉が開かれ、微笑の花が咲いた。

　美しい。思わず見とれてしまう。

　ほんの数秒で、中竹は足を離した。

　だが、その数秒が人生を変えることもある。

「ありがとうございます。ほんとに自信になりました」

　中竹の顔つきはすっかり変わっていた。おどおどした雰囲気がなくなり、うつむきがちだった視線があがっている。大きな瞳《ひとみ》はぱっちりと開いて、生き生きとしている。見ているだけで、こちらも元気になりそうだ。

もっとも、それからが大変だった。固まりかけの熔岩を触る猛者《もさ》まで現れて、耕介は危険なことはしないでくれ、と、懇願してまわらなければならなかった。それでも、参加者たちが盛りあがっていたのが何よりうれしい。写真を撮るのには向いておらず、森平は不満げだが、日中の火口ならではの体験や光景もあるのだ。

「いったん戻りますよ。集まってください」

ガイドの呼びかけで、参加者たちが集合する。猪高が最後まで残っていた。人がいなくなると、火口を見つめるのである。格好つけているだけで、本当は見たいのか。

「猪高さん、みんな待ってますよ」

耕介が声をかけると、猪高は無言で踵《きびす》を返した。


山頂のキャンプ地には、平らな場所がないので、テントはおろかベッドすら置けない。岩陰にマットを敷いて横になるだけである。これが真のアウトドアかもしれない。ここで昼寝と言われても、たいていの人は眠れないが、なかにはいびきをかいている者もいる。

「自由行動ではありますが、危ないので遠くに行かないように。見える範囲にいてください」

釘《くぎ》を刺す必要はなかったかもしれない。銃を肩にかけた兵士が周囲で警戒しており、輪を離れると、にらみを利かせてくる。勝手な行動はできない。

休憩をとってから、もうひとつの火口を観《み》に行く。固まった熔岩の上を歩くのにも少し慣れて、足どりが安定してきた。目線があがると、熔岩の流路がよくわかる。川がそのまま凍りついたのに似て、自然の神秘を感じさせる。

北火口はやや深く、穴の底から噴煙があがっている。マグマは見えないが、こちらのほうが一般的な火山らしさがある。

噴煙をバックにして記念写真を撮った。日差しがきついので、あまり長く滞在せずに撤収する。

その帰路で、待田と宇田川が動かなくなった。

ふたりは列の最後あたりを並んで歩いていた。待田がしきりと宇田川に話しかけているようだった。

最後尾の耕介は、宇田川が心を開いてくれるのを期待しながら、様子を見ていた。それが、いきなり止まったのだ。ふたりは地面を見つめて立ちつくしている。何か興味深いものを発見したのだろうか。耕介は慎重に歩み寄った。

「どうなさいました？」

反応はなかった。宇田川は微動だにしていない。ただ、シャツからのぞいた上腕の筋肉がぴくぴくと動いている。

ややあって、待田が顔をあげた。顔色の悪さにどきりとしたが、微笑を向けられてほっとした。

「上を向いて歩こう、なんて言いますが、下を向いて歩いていても、いいことはあるものです」

耕介は待田の視線をたどって、熔岩から生える一本の草を見つけた。三十センチくらいだろうか。茶色い茎がまっすぐに伸びて、先にわずかに緑の葉がついている。こんな過酷な環境で生きているのだ。

しかし、熔岩から生える草などあるのだろうか。耕介は宇田川の邪魔をしないように距離をとりつつ、膝《ひざ》を曲げて観察した。

熔岩のくぼみに溜まった土から、草は伸びている。土も種子も風に飛ばされてきたのだろう。周囲は一片の草木もない不毛の地だ。暑熱と乾燥と噴火が、生命を遠ざけている。そこで芽生えて成長するとは、どれだけの奇跡が重なったのだろう。

風が吹くと、草は揺れる。それでもすっくと立っている。孤高を絵に描いたようで、はかなさよりも強さを感じた。

耕介もしばし硬直してしまった。

足の先から感動がこみあげてくる。ちらりと見上げると、宇田川は太い指で目頭を押さえていた。待田の頬にはすでに涙がつたっている。

耕介は立ちあがった。この奇跡をみんなに見せてあげたい。そう思ったのだが、声を出そうとしたところでためらった。

見つけたのは待田と宇田川だ。これは彼らだけの宝物にすべきかもしれない。少なくとも、耕介が独断で知らせてはならないだろう。

無線機が鳴った。汐見が呼んでいる。

「だいぶ離れてますけど、何かありましたか？」

「すみません。問題はないので、戻ります」

答えてから、宇田川を見やる。

宇田川は目をこすってから、顔をあげた。

「もう大丈夫だ。追いつこう」

宇田川が自分から話したのははじめてではないか。耕介は待田と目を見合わせた。待田が涙まじりの微笑でうなずく。

「写真を撮りましょうか」

宇田川はカメラもスマホも持ってきていない。耕介のカメラで撮っておこうかと思ったのだが、宇田川はかぶりを振った。

「そっとしておくべきだと思う」

はっきりした口調で告げて、胸に手をやる。心に刻んだということだろう。

「わかりました。急がないでもいいので、足もとに気をつけて行きましょう」

待田と宇田川が小声で話しながら、歩を進める。少し遅れて、耕介はつづいた。照りつける日差しに、目を細める。硫黄の臭いが鼻をつく。生きていると感じた。

自然の奇跡が人を変える。生きる力を取り戻す。簡単に起こることではない。だが、ここはエルタ・アレだ。地球の息吹を肌で感じられる場所である。汐見の言うところの世界最高のツアーが、宇田川を変えたのだと信じたかった。


―― 8 ――

夕食はトウガラシを散らした塩味のパスタであった。洗練とはほど遠いが、砂漠にそびえる火山の山頂で食べるものと思えば、充分であろう。参加者たちはみな食欲旺盛《おうせい》であった。

飲料水は充分に持ってきているが、洗顔などはできない。乾燥しているため、汗はさほど気にならないが、砂塵にまみれているのは不快であろう。旅慣れた村瀬は厚手のウェットティッシュを持参して身体を拭いていた。中竹にも分けてあげている。ただ、これも秘境ならではの体験だ。

「明日は温泉に入れますから、もうしばらくご辛抱を」

汐見が一行を励ましている。

「風呂《ふろ》なんか、別に一週間くらい入らなくても死にはしないよ」

森平が言うと、同調の声が多くあがった。やはり砂漠を行くツアーに参加する人は、細かいことは気にしないようだ。

休息をとって、ついにメインイベントに向けて出発である。耕介は祈るような気持ちであったが、汐見は楽観していた。絶対に最高のエルタ・アレが見られる、というのである。ガイドもまた同様であった。

「今宵、あなたがたに、人生で最高の絶景をご覧にいれます」

宣言するからには、昼に比べてコンディションがよくなったのだろう。耕介も期待に胸を躍らせつつ、星空の下を歩いた。

月は出ていないが、ライトをつけなくても歩けるのではないか。そんな錯覚すら覚えさせる星々である。砂漠の空と火山に挟まれて歩いていると、太古の地球にタイムスリップしたような気分にさえなる。岩の陰から、恐竜が顔を出してもおかしくない。いや、もっと昔、生物が陸にあがる前の景色も想像したくなる。

夜のトレッキングをつづけること二十分、先頭のガイドが足を止めた。日中とは違い、高い場所からの見学になる。

「では、ご覧いただきましょう」

列が横に広がった。

全員が火口を見下ろして、息を飲む。

漆黒の闇のなかで、赤い光が踊っていた。

溶岩湖がたぎっている。冷えて固まった黒い表面がひび割れ、鮮紅の稲妻が走る。マグマがうごめき、小噴火が繰り返されて、赤いしぶきが舞う。熱気が吹きつけ、地面が揺れる。炎の弾《はじ》ける音と、硫黄の臭気が渦を巻いてのぼってくる。

しばらくのあいだ、開けた口を閉じる者はいなかった。ただ無言で、現実とは思えない光景に見入っていた。息をすることさえ、忘れていた。

エネルギーが乱舞している。人智のとうてい及ばない地球の活動の、針の先ほどの一端がそこにあった。人の小ささを痛いほどに感じる。そしてなぜだか、誇らしくなる。すべてを肯定したくなる。たとえば、神仏の存在を目の当たりにしたら、そういう気持ちになるのかもしれない。

我に返るのは、耕介が一番早かっただろう。絶景に魂を奪われた感の参加者たちに視線を移して、満足の笑みを浮かべる。幸運だった。耕介自身もここまでいい条件で見るのははじめてだ。

「あ、写真……」

森平がつぶやき、あわてて三脚を組み立てはじめた。

宇田川はこぶしを握りしめて、火口を見つめている。中竹は手近な岩に手をついて、目をこらしていた。待田はしゃがんで、瞳に炎を映している。

猪高もエルタ・アレに魅入《みい》られていたが、ふと自分の姿に気づいたようで、舌打ちをして後ずさった。視線を参加者たちに向ける。

列がしだいにばらけていた。参加者たちはそれぞれ思い思いの場所で、無二の感動にひたっている。当然ながら、火口に飛びこもうという者はいない。たとえ決意を固めていても、この光景を前にしたら、畏怖《いふ》の念を抱いて動けなくなっていただろう。

猪高が宇田川の背後に忍びよった。まさか、押すつもりではなかろうか。火口までは距離があるが、危険にはちがいない。耕介はふたりに手がとどく位置まで近づいた。

「あなたは何をしに来たのですか」

猪高の冷ややかな声に、宇田川がびくりと背中をふるわせた。ただ、視線は火口に向けたまま、振り返りはしない。

「この不浄の世に絶望して、永遠の別れを告げるのではなかったのですか。今が絶好の機会です。決行すれば、あなたの名と華々しい最期は世界にとどろきますよ。地球に刻まれた大地溝帯のごとく、とこしえに残ります」

大仰な言葉が耳に入っているのかどうか、宇田川は反応しない。耕介は猪高の前に割りこんだ。

「猪高さん、もうそれくらいにしましょう。迷惑ですよ」

「部外者は黙ってろ」

猪高に押しのけられて、耕介はよろめいた。汐見が血相を変えて寄ってくる。耕介は大丈夫だ、というように片手をあげた。痛くはないし、怒ってもいない。押しのけられたのが汐見でなくてよかった。

猪高が口調を変えて、宇田川につめよっている。

「あんた、おれの誘いで参加したんだろ。そんな図体してて、まさか、怖《お》じ気《け》づいたのか？　だから、何をやってもうまくいかないんだ。本当にクズだな。クズならクズらしく、さっさと消えてしまえ」

稚拙な挑発だったが、されている側がそう思うかどうかはわからない。もしもの場合に備えて、耕介は宇田川の手を握っていた。その手が、力強く握り返される。

宇田川は火口を目にしたまま告げた。

「おれは死なんよ。これを見れば、死にたい気持ちなんか消えてしまう。こんな生命を拒絶するような場所なのに、どうして生きる意欲が湧いてくるのか、それは不思議だが、事実そうなんだから、仕方がない」

「ふん、意気地なしが」

猪高は地面を蹴りつけた。

「気が済みましたか」

汐見が大きく手を広げて、猪高の前に立った。

「つまらないことは忘れて、エルタ・アレを満喫しましょう。自然は公平です。心の目を開いて、景色を楽しんでください」

「勘違いしないでくれ」

猪高は冷笑で応じた。

「おれは別に自殺が見たかったんじゃない。極限状態におかれた人間に興味があるだけだ。今のこいつも、これはこれでおもしろい素材だ。したがって、おまえたちが勝ち誇るのは滑稽だ」

誰も勝ち誇ってなどいないのだが……。耕介はそれより、宇田川が怒り出さないか心配だった。猪高は宇田川を人間扱いしていない。今の言葉だけでなく、そもそもの経緯からしてまともではなかった。猪高は自殺志願者を誘い、その様子を見て楽しんでいたというのだ。

しかし、宇田川は猪高に関心を示していなかった。炎を噴きあげる溶岩湖を真剣に見つめている。

汐見が笑顔で猪高に詰め寄った。

「勘違いしているのはあなたじゃありませんか」

「何だと?」

「私たちは別に勝ち誇ってなんかいませんよ。あなたも大切なお客様ですからね。事情はどうあれ、楽しんでいただきたいだけです」

けっ、と吐き捨てて、猪高は汐見に背を向けた。その先に、待田がいた。

「あなたも先ほど、火口に目を奪われていたでしょう。大丈夫、ちょっとひねくれてはいますが、あなたも普通の人間です。素直になれば、きっといいことがありますよ」

猪高は無視して斜面を登っていく。耕介は距離をとりつつ、後を追った。暗くて足もとがよく見えない。危険だ。後ろからライトが投げかけられる。汐見の気遣いだろう。

猪高が振り返った。

「ついてくるな」

「安全を確保する必要がありますから」

猪高は鼻を鳴らすと、岩の上に坐って、一行を見おろした。耕介も足を止める。

その位置から、火口が見えるかどうかはわからない。ただ、猪高は集合時間が来るまで、同じ姿勢でじっとしていた。

9

一行はマットで仮眠をとってから下山して、無事にベースキャンプに戻った。その後、再び車に乗って、アフデラ湖に向かう。途中、休憩を兼ねてアファール族の村に立ち寄り、現地の人々の生活に触れる。秘境ツアーにはこうしたプログラムが少なくないが、正直なところ、耕介は苦手であった。マサイ族のように観光用の見世物と割り切っていればいいのだが、実際の生活の場だと、代金を払っていても、「おじゃましてすみません」という気持ちになってしまう。

アフデラ湖は、アサレ塩湖とは異なり、豊富な水をたたえた湖である。塩分濃度は海より高いが、死海ほどではないので、魚も棲《す》んでいる。そういえば、死海も大地溝帯の一角に属する。

ここでは、塩湖の浮遊体験と温泉が楽しめる。温泉はもちろん、天然の露天風呂だ。一行は水着に着替えて、非日常の体験を満喫する。

別人のように積極的になった宇田川も温泉に入りたがったが、水着は持ってきていなかった。中竹は持ってきていたから、最初から旅を楽しむ気持ちもあったのだろう。宇田川には、耕介が予備の水着を貸した。忘れる人は必ずいるので、持ってきているのだ。添乗員たるもの、準備が重要である。

塩湖や温泉に入らない者は、カフェで休憩したり、湖畔の村を散策したりする。猪高は所在なげにカフェの隅に坐っていた。

「水着なら貸しますよ」

耕介が声をかけると、一瞬、眉をあげて反応したが、誘いには乗らなかった。意地を張っているのは明らかだが、それ以上の説得はしなかった。

メケレに戻って一泊し、アディスアベバに飛ぶ。市内の博物館を見て、コーヒー・セレモニーを体験して帰国である。今回は絶景に特化した短いツアーのため、遺跡の類を見学することはできなかった。現地ガイドはそれをしきりに残念がっていた。

エチオピアには多くの世界遺産がある。岩をくりぬいて造られたラリベラの岩窟教会群、ファジル・ケビの王宮群、オベリスクが天をつらぬく古代の中心都市アクスム、イスラームの城塞《じょうさい》都市ハラールなどが名高く、世界各地から観光客を集めている。十日間くらいのツアーであれば、ダナキル砂漠に加えて、そのうちのいくつかを回れる。

とはいえ、幸運に恵まれた一行の満足度は高かった。汐見の自信も増すばかりである。

「砂漠をラクダで旅するツアーって、できると思いますか？　お客様がぜひつくってほしいと言うんですが」

「一日くらいラクダの旅が入るツアーだったら、あるはずですよ」

「いや、一週間かけて砂漠を横断とかです」

それはさすがに厳しいのではないか。馬の旅やバイクの旅なら、それ自体を楽しむ人がいるので、ツアーも成立する。しかし、ラクダとなると、なかなか集まらないだろう。

とはいえ、汐見のような社員添乗員は、企画を立てるのに、お客の意見をよく聞く。極端に言えば、ツアーの参加者十人全員が、今度はどこそこへ行きたいと言えば、それでツアーが一本つくれてしまうのだ。今回、ラクダのほかには、ソコトラ島やマダガスカルの希望があったという。どちらも独特の植生があって、奇観で知られる場所だ。

耕介は乗り継ぎ便を待つ空港で、待田からアドバイスを求められていた。妻と娘と、家族三人で最後の旅行に出かけたいが、どこがいいだろうか。難しい質問である。

「正解はたぶん、それぞれのご家族によって違うのだと思います。みんなで話し合って、行きたいところに行けばよいのではないでしょうか」

「それはそうですね。すみません。変な質問をしてしまって」

「いえ……でも、待田さんなら、どちらに行かれても、きっと素敵な旅になりますよ」

最後の旅が何度もあるといいと思う。どんな病気か知らないが、奇跡的に治ることがあるかもしれない。

汐見は言っていた。

「あの人はきっと病気じゃありません。元気に見えますから。説得のための方便だったんですよ。またどこかのツアーで会えるでしょう」

余命うんぬんを信じたくないのだろう。そう言われればそうだ、と、耕介も同意した。

しかし、待田は告げたのだった。

「実はね、私も以前、あのサイトを見ていたんですよ。まあ、ツアーの予約をしてからは吹っ切れていたんですがね。それでも何となく、見てしまうことがあって、あの書き込みに気づいたわけです」

　言われてみれば、待田は事情を知っているような口ぶりだった。定員が急に増えたのも妙だし、猪高を筆頭に態度のおかしい参加者がいたので、書き込みが真剣なものであると悟ったという。

「とにかく、大事にならなくてよかったです」

「待田さんのおかげです。助かりました」

　頭を下げながら、耕介は気づかざるをえなかった。待田もあのサイトを見ていた……やはり病気のせいなのだろう。

「私は何もしていませんよ。地球に感謝です」

　少し間をおいて、待田はつづけた。

「あの彼も、きっと旅を楽しむようになりますよ」

　猪高はぽつんとひとりでベンチに坐っていた。目が合うと、さっと伏せる。待田がぽんと手を叩いた。

「私は彼に嫌われているようですから、あなたに伝言を託しましょう」

　耕介は待田の言葉を携えて、猪高に歩み寄った。

「初めての海外旅行はいかがでしたか」

猪高は見慣れた冷笑で答える。

「いろいろとおもしろいものが見られましたよ。参加した甲斐《かい》がありました」

皮肉か、あるいは強がりか。まっすぐではない感想に、耕介は真正直に応じた。

「それはよかったです。実は待田さんから伝言を承っていまして」

「聞きたくないですね」

猪高は眉をひそめたが、立ち去ろうとはしない。耕介は淡々と告げた。

「誰にも必ずお迎えは来るのだから、なるべく美しいものを見て、楽しいことをしたほうがいい。意地を張っていても、損をするだけだ。旅をするなら、隣町だっていい。素直になれば、きっと違うものが見えてくる。見えてくれれば、きっと変われる」

「……お説教は嫌いだ」

「そうでしょうね」

耕介はいつもの口調に戻した。

「待田さんは言ってました。『彼は頭がいいけど、心がまだ子供だから、説教を嫌がるだろう』と。でも、昔の自分を見ているようで、黙っていられないんだそうです」

待田は猪高の言動を読んでいたような気がする。それがたしかなら、待田がそうだったように、猪高もきっと立ち直れるのだろう。

「腹が立つ」

ぼそりと言って、猪高は立ちあがった。

「あんたのところのツアーには、二度と行かない」

限定した言い方に、希望が読みとれた。旅に出るつもりはあるのだ。猪高も変わりたがっている。きっかけをさがしている。耕介は確信した。

猪高の視線の先では、村瀬と中竹が楽しげに談笑している。宇田川は森平を中心とする輪に混じっていた。中竹も宇田川も、ツアーがはじまったときとは、まるで表情がちがう。生き生きとして、別人のようだ。

猪高はまぶしげに目を細める。その様子を見て、耕介は微笑した。

「これは仕事上、言ってはいけないのですが……」

猪高がこちらを向いて、はっきりと目が合った。

「猪高さんには、個人旅行が合っていると思います。自分で航空券やホテルを手配して、好きな場所に行くのも楽しいですよ」

ふっ、と、漏れた笑いは、冷笑ではなかったように思えた。

第四話
仏教徒たちのタージ・マハル

第四話

1日目	成田発▶デリー経由▶ムンバイ着▶ムンバイ泊
2日目	カンヘーリー石窟群他▶オーランガバードへ▶ オーランガバード泊
3日目	ダウラターバード要塞▶エローラ石窟群▶ ビービー・カー・マクバラー▶オーランガバード泊
4日目	アジャンター石窟群▶オーランガバード泊
5日目	ピタルコーラ石窟▶ブサワル経由ボパールへ▶ ボパール泊
6日目	サーンチー遺跡▶デリーへ▶デリー泊
7日目	アグラへ▶タージ・マハル▶アグラ城▶ デリーへ▶デリー発▶機内泊
8日目	成田着

1

誰《だれ》しも気の乗らない仕事はある。国枝耕介にとって、それはダークツーリズムの添乗であった。

　ダークツーリズムとは、戦争や災害の跡地など、人類の負の記憶が刻まれた土地を巡る観光のことである。原爆ドームやアウシュビッツの収容所、チェルノブイリなどが対象になる。

　耕介は先日、カンボジアツアーに添乗した。アンコールワットなどの主要な観光地も回ったが、ポル・ポト派の悪行を伝えるトゥール・スレン虐殺《ぎやくさつ》犯罪博物館、虐殺の現場であるキリング・フィールドの見学がコースに含まれていた。前者は、政治犯の収容所だったところで、激しい拷問《ごうもん》の末の処刑で、二万人近くが粛清されたという。血の跡が残る拷問室や、処刑された収容者の写真など、凄惨《せいさん》な事実の展示が胸に痛い。後者は遺体を埋めた穴が残っている。骨片や衣服の切れ端が生々しい。

過去の過ちを記録する重要性は認識しつつも、耕介としては、見て楽しい場所に案内したいと思う。ダークツーリズムを望んで見学したお客も一様に暗い表情をしていた。

後味の悪いツアーから、中三日で成田空港に向かう。

「やあやあ国枝さん、また会いましたね」

明るい声と、大げさなジェスチャーで、汐見陸が迎えてくれた。今回は東栄旅行の仕事である。耕介は派遣会社に登録しているプロの添乗員で、様々な旅行会社のツアーに添乗するが、一番多いのは東栄旅行のツアーだ。

小柄だがエネルギーにあふれた印象の汐見は二十八歳、東栄旅行の社員である。ツアーの企画も添乗もおこなう。専門は中東とアフリカだが、今日の行き先はインドだ。東栄旅行で管理を担当している里見日向子によれば、会社は汐見を幹部候補とみなして、経験を積ませているのだという。

「お客様はまだですよね」

「いや、もう半分くらい集まってますよ」

汐見はやや離れたベンチを振り返った。すぐにそれとわかる十数人の集団が坐《すわ》っている。全員がきれいに剃《そ》りあげた禿頭《とくとう》で、袈裟《けさ》を着ているのである。

今回のツアーは一般のお客を募集した旅行ではない。僧侶《そうりょ》の団体に依頼されてつくったツアーである。二年前におこなったインド東部の仏教関連の遺跡をめぐるツアーが好評だったそうで、今度はインド西部に行き先を変えて企画したという。別の宗派の団体も加わって、総勢三十名に近くなったので、添乗員もふたり体制になった。

修学旅行をはじめとするこうした団体旅行は、旅行会社にとっては稼ぎどころだが、東栄旅行が手がけるのはめずらしい。秘境やマイナーな地域を得意とする東栄旅行には、あまりお呼びがかからないからだが、仏教とインドは別だ。創業メンバーにインドを偏愛している人がいたため、多くのインドツアーを供給してきた。その縁で、仏教界ともつながりができて、僧侶や檀家《だんか》の団体旅行には東栄旅行が多く使われるのだという。

「僕はインドがはじめてなので、このツアーもすごく楽しみなんです」

まるでお客のように、汐見は目を輝かせた。初耳である。耕介の脳裏に、日向子のしてやったりという笑みが浮かんだ。

今回、稀有《けう》なことに、耕介は担当ツアーを選ばせてもらっていた。アフリカ西海岸とインドとどちらがいいか、と日向子に訊《き》かれたのだ。本当はアフリカ行きを依頼するつもりだったが、汐見がまた耕介と組みたいらしく、そちらでも調整できるという。

「インドでお願いします」

耕介は即答してしまった。理由はいくつもある。単独添乗より、汐見とコンビのほうがやりやすい。インドはまちがいなく日本語ガイドがつく。アフリカ西海岸は奴隷《どれい》貿易に関連した史跡がツアーに組みこまれていて、二回連続ダークツーリズムの要素が入るのはきつい。距離が近くて行き慣れたインドのほうが身体《からだ》の負担が少ない……などなど。たいていの添乗員は同じ選択をするのではないか。

ところが、最初からけちがついた。はじめて行く国であっても、経験のある添乗員なら問題なくこなす。耕介自身も予習はするが、それほど怖れはしない。ただ、インドなら当然行ったことがあるだろう、という思いこみが外れたことが不安をもたらした。

「もしかして、今回のツアー、どこかにトラブルの種がありますか?」

遅ればせながら用心深くなって、耕介は訊《たず》ねた。日向子の罠《わな》にはまったのではないか、という疑念が湧《わ》いてきたのだ。自分で選んだのではなくて、誘導されたのかもしれない。たとえトラブルがありそうでも、耕介は引き受けるのだが、今回は恩を売られたような形になっている。

「うーん、どうでしょう」

汐見は大きく首をかしげた。

「ふたつのグループがあって、だいぶ性格が違うから気をつけろ、とは言われてます。でも、リーダー同士は友人らしいので、たいした問題ではないですよ」

そらきた、と耕介は思った。汐見が説明する。

「あそこにいるのが北謙寺《ほっけんじ》さんのグループです。厳しい教えを守って修行しているそうです。お酒は飲みませんし、肉や魚も食べません」

「わかりました。インドなら、食事の心配はありませんね」

インドは宗教上の理由から、ベジタリアンが多い。ヒンドゥー教では上位カーストに菜食主義者が多く、ジャイナ教徒は基本的に菜食主義者だ。したがって、菜食専門のレストランも充実しているし、一般の店にもたいていはベジタリアン向けのメニューがある。

「ええ、ただもうひとつのグループ、南謙寺《なんけんじ》さんの一派は同じ系統でもわりと寛容で、食事の制限はないそうです」

「なるほど。そういう違いですか」

予約してあるレストランでは、ベジタリアン用とそうでない人用に、ふたつのメニューを用意してもらっている。お酒を飲むかどうかで、険悪になる可能性も考えられるが、テーブルを分けておけばいいだろう。

北謙寺のグループは東栄旅行と関係が深いようなので、そちらを汐見が担当する。耕介は南謙寺のほうにつくことになった。とはいえ、北謙寺の面々にも挨拶《あいさつ》は必要である。

「添乗員の国枝と申します。楽しい旅になるようお世話させていただきますので、どうぞよろしくお願いします」

頭を下げると、穏やかな声で否定された。

「それは違いますよ、国枝さん」

先制パンチを受けた耕介はとまどって、首をかしげながら顔をあげてしまった。目の前にいるのは、北謙寺のグループを束ねる村上宗厳《むらかみそうげん》という僧だ。長身で、五十二歳という年齢の割には、引き締まった身体つきをしている。顔は細くてしわが深く、いかめしい雰囲気だ。

「私たちは、仏教の歴史を勉強しに参るのです。三蔵法師《さんぞうほうし》の頃《ころ》と違って、今やインドは仏教の国ではありませんが、お釈迦《しゃか》様を生んだ偉大な国です。その国の文化や歴史を学ぶのが目的であって、決して遊びに行くわけではありません」

「失礼しました。精一杯、勉強のサポートを致します」

予想以上の堅物のようだ。一行の僧たちはみな、宗厳に尊敬の視線を送っている。これは汐見もやりにくいのではないか。

「一昨年はインドでお釈迦様の足跡をたどり、昨年はタイで現地の僧とともに修行しました。今回は古い仏教の遺跡に案内してくださるとのことで、期待しております」

「はい、それはもう当時の隆盛が忍ばれる遺跡です。ぜひ……」

楽しみに、と言いかけて、耕介は語尾をにごした。それにしても、毎年海外視察とは、かなり余裕のあるお寺の組織なのだろう。東栄旅行にとってはありがたいお客である。

一方の南謙寺のグループは、なかなか現れなかった。集合時間を十分過ぎて、そろそろ電話をかけようかと思ったときに、ようやく一団が到着する。頭を剃っているのですぐにわかったが、服装はTシャツやアロハシャツなど、きわめてラフな格好であった。帽子をかぶっている人も多い。たしかに、北謙寺とはひと味違う。

グループをひきいる男は、昔の僧兵を思わせる雄偉な体格をしていた。身長は百八十センチを優に超えており、筋肉質で体重もありそうだ。

耕介がツアーの小旗をかかげると、男がのしのしと近づいてきた。

「どうもどうも、南謙寺の林梅円《はやしばいえん》です。よろしく」

挨拶をかわし、名簿と照らし合わせて、銘々のパスポートを確認する。全員そろったので、チェックインをして荷物をあずける。

耕介と汐見が手続きをしている間、梅円は宗厳とにこやかに話していた。ふたりは大学の仏教学部で同期だったという。ただ、よく見ると、梅円が一方的に話し、宗厳はうなずいているだけだ。仏像のように無表情だが、迷惑そうにも思える。

出発までの待ち時間も、北謙寺のグループは背筋を伸ばしてベンチに坐っていた。最初は立っていたのだが、他の利用者がぎょっとしたり、外国人観光客がおもしろがって写真を撮ったりするので、汐見が頼んで坐ってもらったのである。南謙寺の面々は免税店をのぞいたり、ゲームをしたり本を読んだりと、一般人と変わらない。こちらのほうが耕介は気が休まる。

利用する航空会社は、エア・インディア。機内に入ったとたん、スパイスの香りが出迎える。離陸する前からインド気分が味わえるのだ。

「機内食もカレーかな。本場のカレーを楽しみにしてたが、さっそく食べられるとは、まさに御仏《みほとけ》のご加護だな」

梅円がうれしそうに言う。そのうち飽きますよ、とは告げずに、耕介は笑顔でうなずいた。それにしても、読経《どきょう》で鍛えられた梅円の声はよく通る。そのセリフと豪快な笑い声に、袈裟の集団から険悪な視線が向けられたように思うのは、気のせいだろうか。耕介は不安を抱えつつ、指定の席に坐った。

飛行機はデリーを経由して、アラビア海に面したムンバイに到着した。かつてボンベイと称されていたインド最大の都市である。人口は一千万をはるかに超える。

インドは紛《まが》う方なき大国だ。世界二位から一位をうかがう人口をはじめ、面積でも経済力でも軍事力でも、世界有数である。民族も言語も多岐にわたり、宗教も混在する。公用語はヒンディー語だが、高等教育は英語でおこなわれている。英語は第二公用語の扱いを受けており、地域によってはヒンディー語よりも通じやすい。宗教的にはヒンドゥー教徒が最多だが、イスラーム教徒、キリスト教徒、シク教徒なども多い。

インドの歴史は非常に古く、インダス河沿いには紀元前二六〇〇年頃からインダス文明が栄えていた。紀元前一五〇〇年頃には、インド・アーリア人が西から移動してきて、ヒンドゥー文化の源流を形成しつつ、紀元前一〇〇〇年頃にガンジス河流域にまで広がった。それから三千年、ペルシアやギリシャの侵略を受けたり、仏教を奉じる王朝が建ったり、イスラーム系の王朝が興ったり、遊牧民の末裔《まつえい》が侵入して国を建てたり、イギリスの植民地になったり、と様々な性格の王朝が興亡を繰り広げた。インド亜大陸が統一されていた期間は短く、無数の小王朝や現地政権が存在していた。

気候も多彩である。砂漠のある北部は乾燥して暑く、南部の海岸沿いは高温多湿、高原部は過ごしやすい。ヒマラヤ山脈には、七千メートル級の高山が連なる。したがって、動植物は非常に種類が多い。

そういう国だから、観光資源は枚挙にいとまがない。世界遺産だけで三十を超えるのだ。様々な時代の個性あふれる遺跡、トラやゾウを中心とするサファリ、登山やトレッキング、少数民族探訪など、様々なツアーが組める。おまけに、多くの宗教や思想を生み、独自の哲学を育《はぐく》んだ国でもあるから、その文化は独特のあらがいがたい魅力を有している。インドを離れられなくなるバックパッカーも多いという。

ようするに、インドは一度や二度の旅行で観《み》てまわれる国ではないのだ。食事や雰囲気に合う合わないはあるから、気に入ったら何度でも訪れてほしい。耕介はお客にそう薦《すす》めている。

しかし、そのような基本的な知識を、同僚の添乗員に説明するはめになるとは思わなかった。汐見は驚くほどインドを知らないのである。

「ゾウがいるのは知ってます。昔はライオンもいたんですよね」

「まだいるはずですよ。保護されて、少しずつ増えています。でも、有名なのはトラですよね」

汐見はトラには興味がないらしい。アフリカにはいないからだ。

「仏教が生まれた国なのに、仏教徒はいないんですか」

「いないことはないでしょうけど、少数派ですね。でも、仏教の要素はヒンドゥー教に吸収されて残っていますし、遺跡もよく保存されています。だから、お坊さんたちも、不快には思わないでしょう」

今回の旅では、インド西部の仏教遺跡をめぐる。メインはアジャンターとエローラ、世界史の教科書などにも載っている石窟《せっくつ》寺院だ。遺跡にくわしいガイドが案内してくれるが、添乗員も知っておかなければならない。耕介は手持ちのガイドブックを汐見に貸した。予習しておかないと、勉強熱心な北謙寺グループの案内は難しいだろう。

「イスラーム関係なら、わりとくわしいんですけどね。インドだとタージ・マハルとか」

タージ・マハルはおそらくインドでもっとも有名な観光名所であろう。イスラーム建築の粋《すい》を集めた墓廟《ぼびょう》である。今回のツアーでも、最後に訪れる予定になっている。

「まあ、ずっとアフリカだけでは通用しないので、これからいろいろと勉強していきます。ありがとうございます」

汐見は両手を広げて礼をした。奇妙なアクションだが、どこの文化に由来するのだろうか。

ムンバイの夜、軽くシャワーを浴びてベッドに入った耕介をよそに、汐見は遅くまで本を読んでいたようだった。

2

三月のムンバイは最低気温二十度、最高気温は三十度を超える。乾季とはいえ、空気は湿り気を帯びていて蒸し暑い。ただ、開けた場所に出ると、海からの風が汗を払ってくれる。

ムンバイの近海にはエレファンタ島という小島があって、ヒンドゥー教の石窟寺院が世界遺産に登録されている。シヴァ神の見事な彫刻が有名なのだが、今回は立ち寄らない。どうせなら仏教遺跡が見たい、という要望があったからだ。

代わりに、一行はムンバイ近郊のカンヘーリー石窟群に向かった。バスに乗りこんで一時間あまり、サンジャイ・ガンディー国立公園のなかに、その仏教遺跡はある。

入場料を払って公園のゲートを抜けると、まず掘っ立て小屋の数々が目に入ってきた。

「あれは何でしょうか」

宗厳が怪訝《けげん》そうに訊ねると、若い男性ガイドが事もなげに答えた。

「ああ、ここに住んでいる人がいるんです。日本にも公園に住んでいる人がいるでしょう。あれと同じです」

つまり、ホームレスなのだろう。宗厳はおお、とうめき声をあげて、手を合わせた。

バスは森のなかを進む。ヒョウやトラなどの野生動物も棲《す》んでいるという。サファリも楽しめるらしいが、素通りして奥にある遺跡をめざす。

「本当は野生のトラも見たいのだがなあ」

梅円がぶつぶつとつぶやいた。要望を受けて、一時は本格的なサファリも組みこもうとしたのだが、宗厳の反対で実現しなかった。管理された動物を見て楽しむなど、もってのほかだという。インドのサファリは動物園とは異なり、広大な森林で動物たちをほぼ野生のままで保護しているのだが、説明しても無駄だった。

カンヘーリー石窟群は、アジャンターと同じく古代に造られたものだ。百を超える洞窟に、精緻《せいち》な彫刻の仏像や壁画が残されている。有名で観光客の多い遺跡に比べると、保存状態はよくなく、整備されていないが、そのぶん趣があり、落ちついて観られる。

一度に三十人が見学できるほどのスペースはないので、二手に分かれた。南謙寺のグループを担当する耕介は、日本語ガイドと見学の順番を汐見に譲った。洞窟の連なる丘陵《きゅうりょう》をのぼっていくと、眺めがいいらしいので、梅円に提案する。

「遺跡はこの先も観られますから、後回しにして、少し丘をのぼってみませんか。国立公園とムンバイの街が眺められるそうです。もちろん、体力に自信のない方は無理せず、あちらの組で回ってもかまいません」

「それはいい考えだ。おれは頭を使うより体を使いたい」

Tシャツ短パンの南謙寺の面々は、みな梅円に賛成した。

岩の丘のあちこちに洞窟が口を開けている。僧が暮らしていたという。浮き彫りにされた仏像を観ながら、上へ上へとのぼっていく。足もとのすりへった階段は、千年以上前のものだ。

ところどころに現地の人を見かける。散歩に来ている老人もいれば、水や果物を売っている子供もいる。褐色の肌と、くっきりとした二重の目が美しい。

陽光が燦々《さんさん》と降りそそぐピクニック日和《びより》だが、だんだんと気温があがってきて、ペースが落ちてきた。それでも、僧侶たちは鍛えているのか、音をあげる者はいない。結局、耕介が一番息を切らして、頂上に到達した。

「ほう、なかなかの眺めだな」

梅円は額に手をあてて、目を細めている。南にムンバイの街並み、西にアラビア海が白くかすんで見える。

耕介はミネラルウォーターを飲んで、汗をぬぐった。風が気持ちいい。この心地よさは、洞窟に僧が住んでいた時代から変わらないだろう。そう考えていると、いきなり音楽が鳴り響いた。

地元の人かな、と思ったが、メロディーは日本のポップスである。前奏につづいて、歌がはじまる。

歌っているのは、梅円の仲間でひとりだけ袈裟を着ている僧だった。まだ若く、眉毛《まゆげ》が太く、口が大きく、印象的な顔だちをしている。名簿によれば、田倉静山《たくらせいざん》、二十八歳である。なかなかの、いや、かなりの美声だ。低音は豊かで、高音は伸びがある。声量があるから、野外でもはっきり聞こえる。

しかし、なぜここで突然、歌い出したのだろう。高いところにのぼると、大声を出したくなるのは人の性《さが》で、万里の長城やウルルでは叫ぶ人が多い。ただ、歌い出すというのはめずらしいケースだ。

手拍子がはじまっている。スマホで撮影している者もいる。歌い終わると、大きな拍手が沸き起こった。田倉は片手をあげて歓呼に応《こた》える。

耕介はあっけにとられながらも、手を叩《たた》いた。歩みよってきた田倉に笑いかける。

「まるで本物の歌手みたいですね」

「ありがとうございます。おれ、歌って踊れる坊主をめざしてるんですよ」

田倉は顔をくしゃくしゃにして笑った。

「踊りは練習中ですが、歌はけっこう自信があります」

テレビ番組で歌を披露したこともあり、歌う姿を動画サイトに投稿して、かなりのアクセス数を得ているという。

「本堂がステージ、コーラスは仏像です」

田倉は胸を張った。おもしろいキャッチコピーだが、保守的な僧の反感を買いそうで心配になる。しかも、田倉はこの旅のあいだ、あちこちの名所で動画の撮影をしたいという。はたして許されるだろうか。おおらかで歌と踊りが好きなインド人は許しても、宗厳は許さないような気がする。

「怒られたらやめますから。添乗員さん、もし許可がとれるようだったら、訊いてみてください」

わかりました、と応じながら、不安を抱える耕介である。

丘を下りて、保存状態のよい洞窟の見学に向かう。石を削った彫刻のなかでも、高さ七メートルの仏陀《ぶっだ》の立像は見応えがあった。日本で大仏というと、奈良《なら》と鎌倉《かまくら》の坐っているイメージが強いが、世界には立っているものも、寝ているものもある。巨大な像を自立させるには、バランスや強度の計算が必要になるので難しいが、岩肌に彫るのであれば、どんな体勢でも可能だ。

立像の前でポーズをとる梅円にカメラを向けていると、入り口のほうから歌声が聞こえてきた。

「またはじめたか」

梅円が苦笑する。田倉が洞窟の前で歌っているのだ。

現地の人に迷惑がかからなければよいが……。心配した耕介が駆けつけると、田倉はインド人の歓声に満面の笑みで応えていた。喜んでもらえたなら、よしとすべきだろう。北謙寺のグループは、上のほうの洞窟を見学しているようで、幸いにして騒ぎには気づいていない。

「宗厳さんが見たら、怒り出しませんかね」

梅円に訊ねると、あっさりと言われた。

「そりゃあ、怒るだろうな。あいつは頭が固いから」

「やはりそうですか。じゃあ、控えてもらったほうがいいでしょうか」

「おれが言っても聞かないからなあ。怒られるべきことをしたら、怒られるのもいいだろう。放《ほう》っておいてやってくれ」

梅円は宗厳に若者の教育を任せるつもりなのだろうか。立ち入ることではないので、黙っていたが、それもまたもめ事を生みそうだった。

ムンバイの市街地に戻って、レストランで遅めの昼食をとった。ターリーと呼ばれるインドのワンプレートの定食である。丸い金属製の大皿にご飯が大きく盛られ、その周囲を小さな丸い碗《わん》が囲んでいる。碗には豆のカレーやサラダ、デザートなどが入っている。メニューはベジタリアン用とノンベジタリアン用の二種類あって、ノンベジ用にはチキン料理も盛られていた。

「うまい！　本場のカレーはひと味違うな」

梅円は汗を拭《ふ》き拭き、スプーンを口に運んでいる。インドには手を使って食べる伝統があるが、外国人向けにはスプーンやフォークが出てくる。耕介はお客のために割り箸《ばし》を持参しているが、今回は出番がなさそうだ。

歌う僧侶の田倉は、あえて手を使って食べていた。「あちっ」という声が響き、笑い声が弾《はじ》ける。ベジとノンベジでは席が分かれているので、食卓は平和である。

インドは広いので、ひと口にインド料理といっても、地方によって特色が異なる。共通しているのは、スパイスやハーブを多用することだ。スパイスを利かせた煮込み料理をカレーというなら、インド人は毎日のようにカレーを食べていることになるが、インドではあまり「カレー」という言葉は使わない。日本のカレーは、イギリスで広まったインド料理を輸入して、独自のアレンジを加えたものだ。あまりに普及したものだから、インド人も日本ではわざわざ「インド・カレー」の店を出すようになった。

北インドでは、遊牧民やイスラーム教徒の影響を受けて、ナンやチャパティーなどのパンをよく食べ、石窯《タンドール》を用いた料理も多い。南インドは米が主食で、油を多用せず、あっさりした味付けが特徴だ。ベジタリアンが多いので、野菜料理の種類が豊富である。カレーに注目すると、北インドはとろみが強くて濃厚、南インドはさらさらで辛味と酸味が強い、という違いがある。

「とにかく手で食べてみてくださいよ。そのほうがうまいですって」

田倉が力説している。郷に入っては郷に従え、だ。若手から中年まで、三人の僧が説得に応じて手で食べはじめた。耕介は仕事の都合上、手を汚したくないし、衛生面に注意しなければならないので、真似《まね》はしない。ただ、刺激や温度を手でも味わう、というのがインド料理らしい。体験してみるのもいいと思う。

食事のあとは、ガンディー博物館、世界遺産のチャトラパティ・シヴァージー・ターミナス駅（CST）を見学した。CSTは、十九世紀の終わり頃に建築されたゴシック様式の建物で、壮麗な外観が植民地時代の隆盛を想起させる。見応えがあるのだが、僧侶たちにはあまり受けがよくなかった。

「私はこのような建物に関心はありません」

宗厳ははっきりと言って背を向けた。

「建築史的には重要らしいですよ。インドの伝統も生かされているんです」

汐見が説明するが、熱意がないのが伝わっていて、ろくに聞いてもらえない。梅円たち南謙寺グループも写真を撮っただけで満足したようだ。

「ここは歌ったらまずいですよね」

車やオートリキシャが行き交うのを眺めて、田倉がため息をついた。強行する様子はなかったので、耕介はほっとする。

「では、少し早いですが空港に向かいましょう」

一行はムンバイから国内線で、拠点となるオーランガバードの街へと飛んだ。いよいよ本格的なツアーがはじまる。

3

オーランガバードはインド内陸部、デカン高原にある街だ。アウランガーバードとも表記されるように、その名はムガル帝国の最大版図を築いた六代皇帝アウラングゼーブに由来する。巨大都市ムンバイに比べると、いかにも田舎町だが、アジャンター、エローラ両石窟の観光拠点として、金融やITの産業都市として、発展を遂げているという。

ガイドはラーニーという三十代の女性に替わった。イギリスと日本に留学経験がある才《さい》媛《えん》だという。インド人らしく目鼻立ちがはっきりしていて、褐色の肌に黄色いサリーがよく似合っている。

インドの都市では、スーツをきっちり着こなす男性が多いが、女性は民族衣装が目立つ。色鮮やかなサリーは、インドの街を美しく彩っている。

「そういえば、サリーと袈裟は似てますね。やはりルーツが同じなのでしょうか」

田倉の質問に、ラーニーは流暢《りゅうちょう》な日本語で答える。

「はい。袈裟もインドの服装で、サリーと同じように、布を身体に巻きつけます。もともとは褐色という意味で、布の色を指していたそうです」

宗厳が口をはさんだ。

「そのとおりです。袈裟というのは、本来は汚れたぼろ布だったのですよ。それが段々ときらびやかになり、豪華な刺繍《ししゅう》などをほどこして、権威の象徴になってしまいました。嘆かわしいことです」

宗厳のつけている袈裟は黄土色の質素なものだ。田倉のものは黒をベースに紫の縁取りが入り、金糸の刺繍もされている。おそらく撮影用に派手なのを着ているのだろうが、口やかましい僧には嫌われそうだ。

宗厳ににらまれた田倉はじりじりと後ずさって、南謙寺の集団にまぎれた。バスの座席では、目立たないように大柄な僧の隣でちぢこまっている。

この日はエローラ石窟群を主に観るスケジュールになっている。バスで四十分ほど走れば着く。一行は一台の大型バスに乗りこんだ。おおむね奥が北謙寺、前が南謙寺というように分かれて坐っている。

ガイドのラーニーがマイクを持って、車窓から観る建物を説明したり、豆知識を披露したりする。

「オーランガバードやハイダラーバードのバードは、街という意味です。ジャイプールやサワイマドプールなどのプールも同じです。ただ、バードはイスラーム由来の言葉で、プールはヒンドゥー教です」

正確には、宗教というより、言語からきているのだろう。アバードはペルシア語、プールはヒンディー語の接尾辞だ。言語学徒の耕介は内心で補足した。駆け出しの頃は正確な知識を伝えなければ、と、いちいち訂正していたが、ガイドもお客も喜ばないので、今は抑えている。通訳のときにこっそり訂正するくらいだ。

途中、ダウラターバードの要塞《ようさい》に立ち寄った。丘の上に築かれ、三重の城壁と濠《ほり》に囲まれた堅城だ。日本の城郭マニアにも人気が高いという。十四世紀の築城以来、幾度となく改築や増築が繰り返され、防御力が強化されてきた。町がすっぽり入る大きさで、往時にはかなりの人が暮らしていたとみられるが、発掘と研究はいまだ途上である。

頂上までのぼると、三十分から一時間かかるので、今回は下から見学するだけである。荒野にそびえる無人の城塞は、どこかもの悲しい。月が出れば、さぞ似合うだろう。

北謙寺の面々はバスから降りなかった。

「あの人たちはどうなさったのですか」

ラーニーが不思議そうに訊ねてきた。

「敬虔《けいけん》な僧なので、仏教遺跡以外には、あまり関心がないそうです」

耕介が答えると、ラーニーは大きな目を丸くした。

「なんてもったいない。じゃあ、エローラでも、仏教寺院しか観ないのですか」

「うーん、その点は私も気がかりです」

彼らはおそらく知らないのだろう。エローラの一番の見所であるカイラーサナータ寺院は、ヒンドゥー教の寺院である。

「インドは様々な宗教が共存している国です。この旅で、少しでも寛容になってくれるといいですね」

もっともだ。うなずいている耕介の脇《わき》に、田倉が寄ってきた。

「あの手前の城壁の向こうに行っている時間はありますか」

歌いたいのだろうが、往復で三十分以上はかかりそうだ。お客の希望はなるべくかなえたい耕介だが、全体のスケジュールが優先である。やむなく首を横に振った。田倉はその答えを予期していたようだ。

「残念ですが、仕方ありません。でも、エローラでは歌いますよ」

力強く宣言する。

ふと視線をあげた耕介は、バスの窓からにらんでいる宗厳に気づいた。笑いかけると、宗厳は目をそらした。

再びバスは走り出し、ほどなくしてエローラ石窟群に到着した。南謙寺、北謙寺の順にバスを降りる。乗りっぱなしだった北謙寺の僧たちは、さすがに手足を伸ばしているが、それも遠慮がちである。せっかくの旅なのだから、もっと自分を解放してほしいものだ。

エローラの石窟は、岩の壁を掘り進んで造営されたもので、西を向いた崖《がけ》に、南から順に並んでいる。一番古い仏教の遺跡は七世紀頃につくられたと推定されている。

「南側の第一窟から第十二窟までが仏教の遺跡です。おもに僧が住む僧院であったと考えられています」

ガイドの説明を聞きながら、見学していく。インドを含め、様々な国から観光客がきている。一番人が集まっているのは彫刻の見事なヒンドゥー教の寺院群なので、一行はそれを避けて仏教窟から回るコースをとった。

「みなさんはご存じだと思いますが、説明します」

ラーニーがよく通る声で解説する。

仏教が生まれたのは、紀元前五世紀である。シャキーヤ（釈迦）族の王族ガウタマ・シッダールタが開いた。ブッダというのは、悟りを開いたシッダールタの尊称である。仏教はマウリヤ朝の保護を受けて広まったが、バラモン教から発展したヒンドゥー教に押されて、インドでは衰退していく。

エローラ石窟が築かれた頃のデカン高原は、ヒンドゥー教を奉じるチャールキヤ朝の支配下にあった。北インドのヴァルダナ朝がインド統一をめざして南下してきたが、チャールキヤ朝はこれを破っている。三蔵法師こと玄奘《げんじょう》が、中国からはるばるインドにたどりついたのが、この時期である。

「インドの王朝の多くは、宗教に寛容でした。だから、いろんな宗教の遺跡が残っています」

ラーニーが誇らしげに語る。近年、人類の遺産とも言うべき貴重な遺跡を破壊する輩がいるのは、嘆かわしいかぎりだ。

「昔の僧たちは、こうした石窟で仏に祈りを捧げていました。石窟は生活の場であり、祈りの場でした」

石窟は崖の上のほうから下に向かって掘り進められたという。途中で放棄されたものがあるので、それがわかるのだそうだ。彫刻も、おおむね上のほうが精密だ。

「岩に残るこのノミの跡を見なさい。はるか昔の僧たちが、どのような苦労をしたのか、目と心に刻むのです」

宗厳が北謙寺グループを集めて訓話を聞かせている。手持ちぶさたになった汐見は、写真係と化していた。といっても、僧たちを撮っているのではない。ほかの観光客にせがまれて、次々と写真を撮ってやっているのだ。それは耕介も同様である。なぜか田倉が人気で、インド人から一緒に撮ってくれと頼まれるので、通訳と撮影をこなすはめになった。

「アイドルみたいでなかなか気分がいいですよ」

田倉は満面の笑みである。外国人が袈裟を着ているところに親しみとおもしろみがあるのだろうか。北謙寺の面々も袈裟姿だが、他人を寄せつけない雰囲気があるから、田倉に集まってくるのも納得できる。眉毛が太い顔は笑うと人なつっこい。

「そろそろ一曲行きますかね」

「いや、ひととおり観光してからにしましょう」

「わかりましたよ、マネージャー」

誰がマネージャーだ。

仏教窟で一番人気があるのは第十窟である。入り口の門は壊れているが、中庭を囲む柱や、二階の高欄、入り口の上部の彫刻などが美しく残されている。岩を掘っていくため、柱や梁《はり》をつくる必要はないのだが、普通の建物と変わらない構造や意匠をほどこすのが、ここの石窟の特徴だ。

最奥にブッダにまつわる遺骨や遺物を祀《まつ》ったストゥーパ（仏塔）があり、その前に仏像が鎮座している。もちろん、これらもすべて彫ったものだ。

奥のほうから、不思議な音が響いてきた。訳知り顔のラーニーがうなずいて、みなを先導していく。

「お経ではありませんか」

宗厳が恍惚《こうこつ》の面持ちでつぶやいた。橙《だいだい》色の袈裟をつけた三人の僧が正座して、お経を唱えている。インド人のように見えるが、あるいはスリランカやバングラデシュの人かもしれない。

サンスクリット語らしきやわらかい響きの言葉が、岩壁に反響して、お経に包まれているような心地になる。独特の抑揚が、身体をやさしくマッサージしてくれるようだ。

宗厳が三人の後ろに坐って、お経を唱えはじめた。同じお経かどうかはわからない。北謙寺グループの五、六人が後につづく。

お経の声が大きくなった。気がつくと、最後尾にいた耕介のさらに後ろに人だかりができている。声が外に漏れて、観衆を呼んだのだろう。様々な目の色、肌の色の人たちが、真剣に聞き入っている。

どの宗教であっても、祈りの言葉や歌には、人を惹《ひ》きつける魅力がある。真摯《しんし》な気持ちが旋律に乗って拡散し、耳から心に響く。言葉がわからなくても、信じる神がちがっても、祈る気持ちは普遍的なのだと思う。耕介は一瞬、仕事を忘れて目を閉じた。

詠唱が終わり、長く伸びた余韻が消え失《う》せた。一瞬の静寂のあとに、拍手が沸き起こる。宗厳が驚いて後ろを振り返った。

「お経で拍手をもらうのははじめてです」

つぶやいて、照れくさそうに頭をかく。お経を詠《よ》んでいた僧が話しかけてきて、汐見の通訳で会話がはじまった。どこから来たのか、日本では仏教が盛んなのか。そういう話をしているようだ。思わぬ国際交流に、謹厳な宗厳も顔をほころばせている。いい傾向だ、と、耕介と汐見は目を合わせてうなずきあった。

たっぷりと見学時間をとったあと、先に進む。第十三窟からはヒンドゥー教の寺院だが、ラーニーはあえてくわしく説明せず、目玉である第十六窟のカイラーサナータ寺院に案内する。

「これが世界最大の彫刻、カイラーサナータ寺院です」

「彫刻だって？」

梅円が頓狂《とんきょう》な声をあげた。目の前にあるのは壮麗な建築物である。黒に灰色の混じった岩の色をしているが、一般には彫刻と呼べる規模ではない。だが、ラーニーはすました顔で告げた。

「ええ、彫刻です。ひとつの岩を削ってつくられたものですから」

「信じられん……」

梅円が絶句するのも無理はない。巨大な楼門も、二階の広い回廊も、石畳の中庭も、彫刻に囲まれた本堂も、背後にそびえる塔も、すべてひとかたまりの玄武岩を削ってつくられたのだ。幅四十五メートル、奥行き八十五メートル、高さ三十二メートルに及ぶその大きさは、アテネのパルテノン神殿の二倍に相当するという。まさしく世界最大だ。

宗厳も感動を抑えきれない様子で、手を合わせている。閉じた目には、涙がにじんでいるのかもしれない。

ラーニーが長い睫毛《まつげ》を伏せて、しみじみと語る。

「八世紀の作品ですが、完成までに約百年かかったそうです」

何世代にもわたって、つくりあげられた。その重みを感じると、言葉が出なくなる。

「まずは中に入ってみましょう」

門から入り、階段をのぼって二階の回廊を歩くことも、本堂の内部を見ることもできる。壁や柱はびっしりと彫刻で埋めつくされている。たくさんの観光客がいるが、寺院は広い。ふたつのグループがまとまって見学する。

宗厳が彫刻のひとつに目をとめるまで、長くはかからなかった。いぶかしげにラーニーに訊ねる。

「これは仏像には見えませんが……」

「ええ、ヒンドゥー教の神々です。これはシヴァ神、これはその妃《きさき》の女神パールヴァティーです。本堂を支えるのは象です。おもしろいでしょう」

「おもしろいですと！」

宗厳は剃りあげた頭を赤くした。ラーニーがどれだけ美人で才知あふれるガイドであっても、偏屈な僧侶には通用しない。

「私たちは仏教の歴史を学びにきたのです。ヒンドゥー教に興味はありません」

汐見が駆けつけて、大げさなアクションで宗厳をなだめようとする。

「でも、さっきは門の前で感心してたじゃないですか。異なる宗教でも、いいものはいい。そうじゃありませんか？」

「それは騙《だま》されただけです。ヒンドゥー教と知っていたら、感心などしませんでした」

「そんなめちゃくちゃな。宗厳さんが自分を騙しているだけでしょう」

「汐見さん！」

耕介は叫んだが、すでに遅かった。宗厳の瞳《ひとみ》に、怒りの炎が燃えている。

「きわめて非礼な発言です。取り消していただきましょうか」

「僕はまちがったことは言ってません」

汐見と宗厳がにらみあっている。駆けよった耕介は、汐見を引っぱってさがらせ、宗厳に頭を下げた。

「申し訳ございません。お客様に対して、また高位のお坊様に対して、大変失礼なことを申し上げました。お詫《わ》びのしようもございません。今後、皆様は私がご案内しますので……。さあ、仏教窟に戻りましょう。時間の関係で飛ばしたところでも、じっくり観察すれば発見がありますよ。どれも昔の僧たちが使っていたものです。みなさんなら、彼らの思いを感じとることができるはず」

しゃべりながら、宗厳の背中に手を回して歩かせる。これ以上、もめ事を大きくしないように、とにかくこの場を離れさせることだ。

「あ、ああ、そうですね」

勢いに呑《の》まれたように、宗厳はしたがった。北謙寺グループの面々がぞろぞろと後につづく。なかには、後ろ髪を引かれている者もいるかもしれない。

「こっちを観たい者はついてきてもいいぞ」

梅円がよけいなことを言った。親切心で誘ったのだろうが、事態を悪化させるのはまちがいない。

はたして、宗厳は振り返って、旧友に冷たい視線を向けた。

「こちらのことにはかまわないでもらいましょう。いや、この際です。あなたたちも正しい信心について、考えてみてはいかがですか。仏に仕える者が、肉を食い、酒を飲んでいて、檀家のみなさんがついてきますか?」

「つまらんことを言うな。おれにはおれのやり方がある」

「ならば、私たちに口を出すのもやめてください」

耕介は身体でふたりの間に割って入った。

「まあまあ、話はあとにしましょう。ここだと見世物になってしまいますよ」

まだ三日目である。仏教窟へとって返しつつ、耕介は泣きたい気持ちになっていた。

4

ツアーは完全に分裂していた。

昼食から午後の観光は、北謙寺と南謙寺のグループが別々におこなった。ガイドのラーニーと汐見は南謙寺のグループにつきそい、予定通りにスケジュールをこなしている。独自に行動する北謙寺のグループは、耕介が面倒をみるはめになっていた。

エローラ石窟では、午後、カイラーサナータ寺院を上から見学して全景を堪能《たんのう》し、彫刻の美しいジャイナ教の寺院も見て回るはずだった。耕介はその間、仏教窟でお経を聞いていた。午前の体験に感動した宗厳が、再び読経をおこなったのである。ちなみに、田倉の野外リサイタルは決行され、喝采《かっさい》を浴びたという。

両グループはバスだけが一緒だったが、互いに口はきかなかった。両グループのメンバー同士にわだかまりはないはずだが、指導者の顔色をうかがって、親しくはできない。

耕介と汐見、そしてガイドのラーニーはこっそりと話し合っていた。

「国枝さんがそんな人だとは思いませんでした」

汐見は憤慨している。耕介にとっては誠に不本意であった。

「私だって、観光を楽しんでほしいとは思っています。でも、お客様のお考えが第一でしょう。こちらの考えを押しつけてはいけません」

「だって、他の宗教や文化を理解しようとしないのは頑固すぎるでしょう。そんなことだから、世界に争いが絶えないんですよ」

「話を広げないでください。今はこの状況をこれ以上、悪化させないで、ツアーを終えることが重要です。宗厳さんを怒らせたら、困るのは汐見さんでしょう。このままだと、お得意様を失ってしまいますよ」

「別に。あんなわがままなお客はいりません」

耕介は匙《さじ》を投げたくなった。話が通じないのは、宗厳と同じレベルではないか。肝心の社員がこれでは、耕介がいくら努力しても仕方がない。

「ラーニーもそう思うでしょ」

汐見がガイドに同意を求める。ラーニーは英語で答えた。

「ガイドとしては、お客様の要望に応えたいとも思いますし、同時に、インドの文化をよりくわしく知ってほしいとも思います。でも、無理強いしても反発されるだけなので、しばらく様子を見たほうがいいかもしれません」

ラーニーも事を荒立てたくはないようだ。汐見は子供のように口をとがらせた。

「でもね、今回、僕たちが言うことを聞いてやりたいようにやらせたら、また次も同じようにするでしょう。きりがありません。どこかではっきりさせないと、会社としては損失になってしまいます」

論理が破綻《はたん》している。仏教遺跡を回るだけなら、損失にはならないだろう。耕介はそう思ったが、言及は避けた。ここで喧嘩になったら、はまりかけている泥沼がさらに深くなってしまう。

「今の態勢はつづけますが、国枝さんは宗厳さんをうまく誘導して、なるべくいろんなものを観てもらってください」

「努力します」

あの調子では無理だろう。そう思いながら、耕介は承知した。

呉越同舟《ごえつどうしゅう》のバスは、エローラ遺跡を出てオーランガバードに戻る。オーランガバードでは、ビービー・カー・マクバラーを見学する予定であった。これはムガル帝国時代の墓廟で、六代皇帝アウラングゼーブの妃が葬られている。タージ・マハルをまねて造られた瀟《しょう》洒《しゃ》な廟だが、総大理石にするところ、予算の都合で大理石は一部だけで、あとは漆喰《しっくい》を塗って仕上げられた。「デカンのタージ」「ミニ・タージ」、はては「貧乏人のタージ」などの異名を持つ。

とはいえ、白亜のドームや繊細な彫刻には一見の価値がある。観光客があふれているわけではないので、写真を撮るには本家よりも向いているかもしれない。到着すると、南謙寺の面々はいそいそとバスを降りたが、北謙寺グループは動かなかった。

「まもなく日が暮れます。夕日を反射するドームは、それはそれは美しいそうです。話の種に観てみませんか」

耕介が誘っても、宗厳はとりつく島もない。

「イスラームの寺院を観ても、勉強にはなりません。少々疲れましたので、先にホテルに帰って休むわけにはいきませんか」

「……承知しました」

耕介はドライバーにチップを渡して、北謙寺グループを先にホテルに送り届けてもらった。宗厳は礼を言ったあとで、さらなる要望を出してきた。

「できれば、食事の時間も彼らとはずらしていただきたいのです。生臭《なまぐさ》坊主を見ると、気分が悪くなりますゆえ」

ホテルのレストランはブッフェスタイルなので、時間の融通は利く。耕介はためらいつつも、わかりました、と請け負った。

「あなたが道理をわきまえた方でよかった。この旅は、もともと私たちが東栄旅行さんにお願いして、仏教をより深く学ぶために企画したものです。そこに彼らが乗ってきて、勝手な希望を押しつけてきたのです。こうした場合、優先すべきは、私たちの都合ではありませんか」

「……おっしゃるとおりです」

ですが、とつづけたいところだが、耕介は黙って頭《こうべ》を垂れていた。それが最善とは思わないが、怒らせるよりましではなかろうか。

翌日のバスまで、宗厳と梅円は顔を合わせなかった。耕介に対しては、梅円は変わらぬ態度で挨拶してくる。朝のロビーでは、前日の夕日のすばらしさを語ったあとで、つけくわえた。

「やつらの様子はいかがかな。レストランでは見かけなかったが、食べてないということはあるまい」

「はい。昨夜は早めに休みたいとのことで、先に召し上がっていました」

「ふうむ。宗厳とは長いつきあいだからわかるが、ちょっと頑固なだけで、根が悪いやつではない。迷惑をかけるかもしれんが、よしなにな」

自分を介さずに、ふたりで話し合ってほしいところである。お客同士がもめれば、添乗員は仲裁するが、今回のケースは宗教や信心の問題だから、単なる喧嘩よりも根が深い。

アジャンター石窟群に向かうバスは、グループが前後に分かれて不穏な空気に満ちていた。前方の南謙寺グループは、ラーニーが語るインドの豆知識に感心したり、質問したりして盛りあがっている。

「インドでは公式には二十二の言語が使われていますが、実際にはその数十倍あるそうです。地方に行くと、なかなか言葉が通じません」

「インドといえば映画です。世界で一番映画をつくっている国なんですよ。インド人は歌ったり踊ったりが大好きなので、映画はミュージカルのようになります。観客も歌って踊るんですよ」

「インド人は牛肉を食べない。そう言われていますが、それはヒンドゥー教徒だけです。イスラーム教徒もキリスト教徒も食べます。牛肉を食べるインド人は二億人を超えるらしいですよ。日本人よりはるかに多いですね。インドの牛はそんなに幸せじゃありません」

ラーニーが冗談を言うと、田倉や梅円が大声で笑う。後方は対照的に静まり返っていたが、突然、誰かがお経を唱えはじめた。徐々に広がって、読経の声が大きくなっていく。

ラーニーは戸惑いの色を露《あら》わにして、汐見に助けを求めた。美人に頼られて、汐見は声を張りあげる。

「すみません。せっかくガイドさんが話してくれているので、みんなで聞きませんか」

だが、日本人としては大きい汐見の声も、読経で鍛えた僧侶たちにはかなわない。かき消されて後方には届かなかった。届いても結果は変わらなかっただろう。

すると、対抗するように、田倉がアカペラで歌いはじめた。バラードなのだが、声量がすさまじく、密閉空間だからよく響く。数人のコーラスが加わると、収拾がつかなくなった。止めようにも、声は聞こえない。汐見のジェスチャーも誰も見ない。ラーニーは沈むように坐って耳をふさいでしまった。

アジャンター石窟群までは、約三時間かかる。その間ずっと、お経と歌の応酬がつづいて、耕介は耳がおかしくなってしまった。ドライバーもよく事故を起こさなかったものだと思う。

ようやく目的地に到着し、じんじんする耳を押さえてバスを降りた。

アジャンター石窟群は緑の深い峡谷《きょうこく》にあって、馬蹄形《ばていけい》の崖に、全部で三十の石窟が掘られている。発見されたのは一八一九年で、狩猟に出ていたイギリス人士官がトラに追われて逃げていたところ、偶然見つけたのだという。

「これはすべて仏教の遺跡ですか」

すでに説明しておいたのだが、宗厳はガイドに改めて質問した。そうです、との答えを得て、満足そうに歩き出す。黄色と赤の花が咲き誇るなか、袈裟の集団が坂道を登っていく。絵になる光景だ。

アジャンターの石窟は築かれた時期によって前後期に分けられる。前期は紀元前一世紀から二世紀頃、後期は五世紀末から七世紀頃にかけてつくられた。前者は古代のデカン高原を支配したサータヴァーハナ朝の時代である。サータヴァーハナ朝はヒンドゥー教の原型であるバラモン教を信奉していたが、仏教も保護しており、高名な仏教思想家ナーガールジュナ（龍樹）を世に出した。後期の主要な石窟は、ヴァーカータカ朝の治下で王の庇護を受けて築かれた。同じ時期の北インドを支配していたグプタ朝の文化の影響も見られる。

アジャンターの見所は、何と言っても壁画である。六世紀初期の第一窟に、いきなり最高傑作とされる「蓮華手菩薩《れんげしゅぼさつ》」が現れる。

「すばらしいものです。これぞまさに仏教美術の精華と言えましょう」

宗厳がうっとりとしてつぶやいた。蓮華の花を持ち、優美に身をくねらせる菩薩は、朱や黄、青などで美しく染色されている。法隆寺《ほうりゅうじ》の壁画と共通点が多く、日本人の心の琴線にふれるものだ。

ラーニーが解説する。

「壁画は膠《にかわ》などを接着剤として使って描かれています。西洋で言うテンペラ画です。色のもとは鉱物です。青色のラピスラズリは今のアフガニスタン辺りから運ばれてきたと考えられています」

アジャンターは千年にもわたって、人目にさらされることなく、ひっそりとたたずんでいた。もともと、洞窟の内部には日の光が届きにくい。それゆえ、現在でも鮮やかな色が残っているのだ。

もっとも、陽光が入らないぶん、見学はしにくい。場所によっては、ラーニーがライトを当てても色がよくわからない。当時の人々は、たいまつの灯《あか》りで描いたのだろうか。

その他にも、後期の石窟には、壁に天井に柱にと、美しい壁画や彫刻が目白押しだ。壁画では仏教説話の図がおもしろい。文字が読めない人々に教えを伝えるためだろうか。釈迦の前世の物語や、スリランカに渡ったシンハラの説話などが描かれている。彫刻では、圧倒的な数の仏像、そして大きな仏陀涅槃《ねはん》像が、仏教が盛んだった時代の面影をしのばせてくれる。

前期の石窟は、それらより何百年もさかのぼるので、壁画はさすがに色あせたり、剝落《はくらく》したりしているが、二千年前のものだと思うと感慨もひとしおだ。仏を祀《まつ》る第十窟は、仏塔と柱が見事である。こちらもエローラと同じように、岩を彫ったものだが、木造建築に似せて柱や梁を設けている。

「僧たちが瞑想《めいそう》する姿が見えるようです」

宗厳は冷静な表情の下に興奮を隠して、石窟を見て回っている。南謙寺の梅円たちも、壁画や仏像に見入っていた。アジャンター石窟群はたとえ異教徒であっても魅了する遺跡であり、実際にイスラーム教徒らしき服装の者も多い。だが、仏僧の目から見ると、また違った感動があるのかもしれない。

耕介はお客のじゃまをしないよう、少し離れて見守っていたが、困ったこともあった。バスのなかが騒がしかったせいで、物売りや客引きに対する注意が充分にできなかったのだ。一般的な注意は入国前にしているが、アジャンターは有名な観光地なので、とくに観光客狙《ねら》いのぼったくりめいた商売が多い。

「インド人はとっても商売が上手です。各国で活躍しています。でも、インチキ商売も多いので、気をつけてください。写真を撮ってあげると言われても、カメラを渡したらダメです。そのまま逃げる人もいますし、高い撮影料を要求する人もいます」

出発直後にラーニーがアナウンスしていたが、はたして北謙寺グループが聞いていたかどうか。

「添乗員さん、ちょっと」

僧のひとりに呼ばれて、耕介は駆けつけた。せがまれて写真を一緒に撮ったインド人の男がずっとついてきて、何やら怒っているという。

男は英語でまくしたてている。

「この僧に写真を撮ってやったんだ。代金を払え。本当は千ルピー（約千六百円）だが、五百ルピーにまけてやる」

「そのような約束はしていません。払いませんから、他へ行ってください」

耕介が毅然《きぜん》として対応すると、男は文句を言いながらも引き下がった。今日は観光客が多い。見込みの薄い相手に食いさがるよりも、次のカモを見つけたほうが早いと判断したのだろう。

すぐに別の僧に訊ねられた。

「すみません。あちこちに賽銭箱《さいせんばこ》のような入れ物があったり、仏様の前にお金が置かれたりしていますが、あれはしかるべき人なり組織なりに渡るのでしょうか」

僧らしい視点かもしれない。耕介は苦笑して首を横に振った。僧は「やっぱり……」と青い顔だ。お金を入れてから気づいたらしい。

「浄財だと思うしかありませんね」

ほかにも、お金を使わされた僧が大勢いた。宗厳などは両替したルピー札をすべて使い切ったという。宗厳はそれで納得しているようなので、耕介はあえて指摘はしなかった。

田倉は逆に、金を稼いでいた。石窟群を一望できる見晴台で歌っていたら、欧米人の観光客が投げ銭をしてくれたらしい。宗厳以上に機嫌がよかった。

「いやあ、やっぱり外国の人はノリがいいですね。一緒に歌って国際交流しましたよ。ビートルズとかも練習してきた甲斐《かい》がありました。動画もたくさん撮っているので、帰ってから編集してアップします。反響が楽しみですよ」

「それは何よりでした」

応じる耕介の顔は引きつっていたかもしれない。楽しむのはいいが、宗厳に見つかったり、地元の人とトラブルになったりしたら大変だ。

とはいえ、昼食をはさんでたっぷり一日観たアジャンター石窟群は、僧たちを大いに満足させた。

「これです。こういうものを私たちは観たかったのです」

宗厳は会心の笑みを浮かべて語った。帰りのバスでは、疲労と満足感から両グループとも静かで、耕介たちをほっとさせた。

「アジャンターもなかなかのパワーをもった遺跡ですね」

アフリカを偏愛する汐見も、インドを認めつつあるようだ。

「ただ、理想を言えば、仏教以外の遺跡でも感動してほしいです」

高望みはしないほうがいい。耕介はそう思ったが、あえて口にはしなかった。

5

翌日は長い移動の日だ。まず、朝早くにオーランガバードをバスで出発して、ブサワルという街をめざす。

途中で、ピタルコーラ石窟に立ち寄った。ここも紀元前に築かれた仏教窟である。アジャンターやエローラほど規模が大きくなく、保存状態もよくないので、観光客はあまりいない。長い階段を下り、谷川を渡った先の崖に、石窟が口を開けている。二大遺跡には劣るとしても、壁画と彫刻には一見の価値がある。

「こうした静謐《せいひつ》な雰囲気もいいものです」

宗厳は上機嫌だったが、梅円の表情は冴《さ》えなかった。

「昨日、あれを見たあとだからなあ」

梅円の感想も無理はない。ツアーを企画するとき、似たような観光地の見学順には気を使う。印象の強いほうを後にもってくるのだ。ただ、スケジュールや立地の都合で、ままならないことも多い。今回は両グループの志向の違いから、日程を組むのが難しかったため、理想の順番と違ってしまうのも仕方がない。

再びバスに乗りこんで、お昼頃にブサワルの街に着いた。近くに有名な観光地はないが、長距離高速鉄道の駅があるので、多くのツアーで中継地として重宝されている。一行はここで昼食をとり、列車に乗ってボパールという街に向かった。

「インドの鉄道はよく遅れます。ヨーロッパでも遅れると言いますから、時間に正確な日本のほうがめずらしいと思います」

ガイドのラーニーが強調していたが、列車は十分ほど遅れただけで、堂々とホームに入ってきた。今回は昼行だが、寝台付きの列車である。上下二段のベッドに横になって、昼寝をしながら旅をする。

僧侶にも鉄道マニアがいるようで、南謙寺グループのひとりが熱心に写真を撮っていた。もっとも、インドは多くの人口を抱えている国であり、駅にも列車にも、あふれんばかりの人がいる。望む構図がとれたかどうかはわからない。

約六時間後、ボパールの街に到着した。ここでトラブルがあった。

「添乗員さん……財布がないんです」

中年の僧が顔色を真っ青にして、訴えてきた。どうやら、乗客にスリがまぎれこんでいたらしい。全員に荷物を確認してもらうと、さらにふたりが盗難の被害を訴えた。汐見と話し合って、耕介が対応にあたることになった。

「パスポートは無事ですか」

耕介はまず訊ねた。パスポートがなければ、帰国できない。大使館に行って、パスポートを再発行してもらうか、帰国のための渡航書を出してもらわなければならない。その手続きには時間をとられるから、ツアーからの離脱も視野に入ってくる。

幸いにして、三人ともパスポートは盗まれていなかった。現金、クレジットカード、カメラなどが被害に遭《あ》ったという。ちなみに、三人の内訳は北謙寺グループがふたり、南謙寺がひとりだ。

被害が少額の現金のみならば、時間を優先するようアドバイスするところだが、被害者が三人いて、被害額もそれなりにあるので、泣き寝入りはできない。

耕介はうなだれている三人に微笑を向けた。

「ご安心ください。みなさんは海外旅行保険に入っているので、手続きをすれば、被害は補償されます」

ただ、盗まれたカメラが戻ってくる可能性はほぼないので、なかのデータはあきらめるしかない。

盗難補償を受けるには、盗難の証明が必要になる。耕介は盗難届を出すために、三人とともに地元の警察署におもむいた。タクシーのなかでカード会社に連絡し、クレジットカードを無効にする手続きをとる。このあたりは何度もやっているので、手慣れている。

警察署には、日本のような固い雰囲気はない。制服姿の警察官がのんびりと仕事をしたり、しゃべったりしている。

英語が通じないと大変だが、ボパールは大きな都市なので、幸いにして話せる警官がいた。さっそく書類を書いて聴取を受ける。わりとスムーズに進んだが、三人分をこなすと三時間近くかかってしまった。本隊はすでに食事を終えて部屋に引っこんでいるだろう。

無事に届《とどけ》が出せたので、盗難証明書を要求すると、もう遅くて担当者がいないから、明日こいと言う。これはあらかじめ覚悟していた。

「明日、この街を出発するのです。必ず、明日お願いします」

念を押して、耕介はホテルに戻った。

翌日はサーンチーの仏教遺跡を見学する。サーンチーには、古代インドに覇を唱えたマウリヤ朝のアショーカ王の時代に建てられた仏塔が残っている。塔といっても高さはそれほどなく、つばのない帽子のような形をした建物だ。増築されているが、もともとは紀元前三世紀の建築である。現存する最古の仏教寺院も観られる。当然ながら世界遺産のひとつであり、宗厳がもっとも楽しみにしていた遺跡である。

しかし、耕介は本隊と別れて警察署に向かった。気の毒だが、三人の僧も同行する。前日の担当者は代理人でも受け取れるような説明をしていたが、経験上、信用はできない。日本のお役所仕事とは異なり、海外では親切心から便宜《べんぎ》を図ってくれる役人は少なくないが、いつもそれが通用するわけではないのだ。悪いほうに針が振れることを念頭において行動しなければならない。

スムーズに証明書が発行されれば、タクシーで追いかけて、充分に見学できる。そう思っていたが、やはり甘かった。担当者が細かい人で、調書があるにもかかわらず、くわしく事情を訊かれたのだ。同じことを訊かれるのでうんざりしながら、耕介は三人分の通訳をこなした。

結局、二時間ほどかかって目的の書類を手に入れた。これで、ツアーに復帰できる。四人はいったんホテルに戻ってから、タクシーに乗りこんだ。

「保険金の請求の手続きは、帰国してからご自身でやっていただきます。書き方はあとで説明します」

「本当にありがとうございます。私たちだけではどうにもならないところでした」

「いえいえ、慣れてますから。残念な出来事でしたが、これで海外旅行を嫌いにならないでください。得られるものも大きいと思いますからね」

助手席に坐った耕介は腕時計を確認した。サーンチーの見学は駆け足になってしまうだろう。遺跡までは一時間あまりかかるので、そのあいだにガイドブックで得た知識を三人に伝える。

「伝説によると、アショーカ王はインド統一のための戦争や権力闘争で多くの命を奪ったことを悔いて、深く仏教に帰依するようになったといいます。王はお釈迦様の教えをまとめる仏典結集をおこなったり、各地に仏塔を建てたりして、仏教の保護と発展に尽くしたそうです」

仏塔には、釈迦の遺骨すなわち仏舎利《ぶっしゃり》が祀られている。アショーカは仏舎利を八万以上に分けて仏塔を建てたという。数字はすさまじい誇張だが、実際に各地に仏塔が建てられていて、そのうちのいくつかがサーンチーの地に残っている。

「これまでは岩を彫った遺跡を多く観てきましたが、サーンチーの仏塔は煉瓦《れんが》や石を積んでつくられました。まだ偶像崇拝が禁じられていた時代ですので、仏像はありません。門などの彫刻では、お釈迦様の代わりに菩提樹《ぼだいじゅ》などが描かれています」

えっ、と声が聞こえて、耕介は振り返った。南謙寺グループの僧が赤面している。偶像崇拝の禁止に驚いたようで、ほかのふたりから白い目で見られていた。

釈迦はもともと、自分の像を信仰の対象とすることを認めていなかったという。それが、一世紀頃から、クシャーナ朝の時代に、今のアフガニスタン東部とパキスタン北西部にあたるガンダーラや、北インドのマトゥラーなどで、仏像がつくられるようになった。前者はヘレニズム文化の、後者はインド土着の文化の影響を受けており、仏像のタイプが違う。

　北謙寺側の僧が言った。

「サーンチーを観れば、はるか昔の仏様の教えが体感できると言います。お経や仏像をよりどころとしない、より内省的でみずからの心と向き合うものだったそうです」

「へえ、よく勉強してるなあ」

　南謙寺グループの僧は白けた様子である。狭い車内の雰囲気が悪くなったので、耕介はあわてて話題を変えた。

「実はこの近くに、別の世界遺産もあるのです。ビーマペトカというのですが……」

　サーンチーと並んで見学されることの多い遺跡だが、こちらは一万年以上前の旧石器時代の遺跡である。いくつもの洞窟や岩に壁画が残されている。人や牛、象などを描いたものだ。

「デカン高原には、はるか昔から人類が暮らしていたんです。ロマンのある話ですね」

　耕介はまとめたが、いまひとつ反応が薄かった。しばらく沈黙のうちに車は走り、やがてサーンチーに到着した。

車を降りるなり、耳に飛びこんできたのは怒声である。

「ふざけんなよ。なんでおまえにそんなこと言われなきゃならないんだ」

それが日本語であることを認識すると、耕介は走りだした。悪い予感が頭を駆けめぐる。ついに両グループが激突したのだろうか。盗難事件のほうを汐見に任せるべきだった。そうすれば……いや、自分なら止められると思うのは傲慢《ごうまん》かもしれない。

遺跡の前に人だかりができている。インド人が多いが、欧米人も東洋系もいる。こぶしを突きだして、何やら怒鳴っている。応援しているのかもしれない。

耕介は人混みをかきわけて、輪の中心に出た。

悪い予感は当たっていた。

田倉と宗厳が中央で対峙《たいじ》している。ふたりの背後には、それぞれのグループが並んで、相手をにらみつけている。まさに一触即発の気配だ。梅円は、やれやれといった表情で、田倉から距離をとっている。ラーニーは野次馬のなかで泣きそうな顔をしていた。

汐見は、というと、田倉の隣で腕を振りあげて応援していた。添乗員が旗幟《きし》を鮮明にしてどうする。

事情はわからないが、とにかく騒動を止めなければならない。耕介は飛ぶように駆けて、田倉と宗厳のあいだに割って入った。

「おふたりとも、どうなさったんですか」

このようなところで騒ぎを起こして、恥ずかしいかぎりだ。その言葉は飲みこんで、両者を等分に見やる。

「この者が礼儀を知らないので、説教をしていたのです」

耕介に対しては穏やかな口調を保った宗厳だが、額には汗の玉が浮かび、息を切らしている。そうとう激しくやり合っていたのではないか。田倉も顔を真っ赤にしている。

「僕は別に悪いことはしてません。それなのに、頭でっかちな人が言いがかりをつけてきて……」

「悪いに決まっておろうが。清浄にして森閑たる遺跡を何と心得る。ここは祈りの場なのだぞ」

「でしたら、ひとまず言い争いはやめて、落ち着きましょう」

耕介は懸命にふたりをなだめた。

「主張があるなら、あとで私が聞きます。せっかくの海外旅行なんですから、じっくりと見学しましょうよ」

「この者がそのつもりでしたら、私は何も言いません。ですが、このうつけ者はみなが悠久の昔に思いをはせているときに、いきなり歌い出したのです。そんな非礼が、侮辱があ

ります か」

やはり田倉は歌ったのか。危惧《きぐ》していたとおりの展開だ。

「田倉さん、ここは場をわきまえて、またの機会に……」

「どうしてですか。地元の人たちは喜んで聞いていてくれましたよ。広い場所ですから、通行人の邪魔にもなりません。文句をつけて騒いでいるほうが、よっぽど迷惑ですよ。ねえ、みなさん」

田倉は両手を広げてギャラリーに訴えた。言葉はわからないだろうに、歓声があがる。

宗厳が頭に血をのぼらせた。

「たとえ周りが喜んでも御仏が許しません」

「御仏は寛容です。三度までは許してくださいます」

田倉の背後で笑いが沸き起こった。対照的に、北謙寺の面々は目を血走らせている。

「だいたい、非礼はあなたたちのほうですよ」

あろうことか、汐見が宗厳たちを指さした。お客に対して何てことを。耕介はあわててその腕をつかんで下げさせる。だが、汐見は引き下がらない。

「人がせっかく案内しているのに、素通りばかりして。僧侶だからって、ほかの宗教や文化を理解しようとしないのは、おかしいです。そういう人がいるから……」

つづく言葉を、汐見はさすがに飲みこんだ。テロや戦争が起きるんだ、とでも言うつもりだったのだろう。そこまで言ったら、もはや収拾は不可能だ。とにかく汐見を抑えなければ。

耕介は腕をつかんだまま引きずって行こうとしたが、簡単に振り払われてしまった。もうこのツアーはおしまいだ。絶望する耕介をよそに、汐見はなぜか笑顔で告げた。

「じゃあ、こうしましょう」

「む?」

怒りをつのらせていた宗厳が、虚を突かれたように目を見開く。

「田倉さんは歌をやめる。そのかわり、宗厳さんたちは明日、タージ・マハルの見学に参加する」

「意味がわかりません。どうしてそんな交換条件を呑まないといけないのですか」

たしかに理屈は通らないように思える。タージ・マハルの見学は当初、予定に入っていなかった。ところが、インドに行くのにタージ・マハルを観ないなどありえない、という梅円の主張で、旅程に組みこまれたのである。そのため、移動がややきつくなっている。

宗厳たちは別の博物館か何かに案内しようと、耕介は考えていた。

「一方的に要求を通そうというのは、単なるわがままですよ。互いに譲り合ってこそ、平和な社会が保たれるというものじゃありませんか」

「なに……」

宗厳は眉をひそめてしばし、条件を吟味している様子だった。意外にも脈があるのか。

田倉が追い打ちをかけるように言う。

「あなたも立派な宗教者なのですから、大度《たいど》を見せてください」

「……よいでしょう」

煎《せん》じ薬を飲みくだすような表情で、宗厳は告げた。

「この者のふるまいは日本仏教界の恥です。それを阻止できるなら、苦行に耐えてみせましょう」

タージ・マハルは世界でも指折りの名所だ。人類が誇る美しい建築物である。その観光を苦行とは……。宗厳の偏屈さに耕介はあきれたが、この際、事態が収まるなら何でもよい。

「では、そういうことで、みなさん、見学に戻りましょう」

輪を散らそうとする耕介を無視して、宗厳は旧友に目を向けた。

「梅円よ。一門の者の教育に、もう少し力を入れたほうがよいのではないか。さもないと、友情はこれまでになるぞ」

「心するよ」

梅円は幅広の肩をすくめた。

見世物は終わったようだと、野次馬たちが離れていく。耕介は足早に汐見に近づいた。

「汐見さん、お客様に対して何てことを言うのですか」

「すみません。ちょっと腹が立って。まあ、でも、結果オーライじゃないですか」

「だからといって……」

詰め寄ろうとした耕介だが、ここで汐見に説教しても仕方がない。くるりと向きを変えて、歩き出していた宗厳に追いつく。

「誠に申し訳ございません。田倉さんには私のほうからもう一度、注意しておきます」

「そうですね。あなたはしっかりしているようですが、あの汐見という青年はいけません。会社にも報告させてもらいますよ」

それは覚悟している。汐見の評価は下がるだろう。アフリカ以外には送りだせない、ということになるかもしれないが、とりあえず耕介には関係のない話だ。耕介の役割は、ツアーを無事に、いやもう無事ではないが、とにかく日程を消化して帰国することだ。

ラーニーによると、宗厳は仏塔と門の彫刻に感動したようで、最初は機嫌がよさそうだったという。北謙寺グループが全員でお経を唱えて、ほかの観光客から拍手を受けていたらしい。それに対抗したのか、入り口付近で田倉が歌い出し、豊かな声が響いて、あの騒ぎになったのだそうだ。

「ラーニーさんにも迷惑をかけてしまいました。申し訳ございません」

「すみません、私もどうしていいかわかりませんでした。私としては、歌ってもかまわないと思うのですが、なぜあのお坊さんはあんなに怒ったのでしょうか」

「日本人の多くは、神仏の前では静かにするべきだ、と考えているのです。田倉さんも人のじゃまをしない、とか、寺院のなかではやらない、とか、気を遣ってはいるのですが、その基準が宗厳さんとはかなり違うようですね」

昔から、神社仏閣は人が集まる場所であり、様々なイベントがおこなわれてきた。今ではアイドルやバンドのライブも開催されている。とはいえ、たとえば明治神宮や法隆寺の前で、外国人が騒いでいたら、耕介もいい気持ちはしない。実際に使われていない遺跡の前ならどうだろう。微妙なラインである。

「でも、あのお坊さんは仏教遺跡じゃなかったら、文句を言わないでしょう」

そうですね、と耕介は苦笑した。

「タージ・マハルを観て、考えを改めてくれればいいのですが、あまり期待しないほうがいいかもしれませんね」

「タージ・マハルにがっかりする人はいません」

ラーニーは力強く断言した。愛するものに対する深い信頼と誇りが感じられた。

「きっと気に入ってもらえると思います」

そうなるよう、耕介は神と仏に祈っていた。

6

一行は気まずい雰囲気のまま、その日のうちにボパールからデリーへと飛んだ。翌日、タージ・マハルのあるアグラの街へ高速鉄道で向かう。タージ・マハルとアグラ城を見学して、デリーにとんぼ返りし、夜の便で帰国する予定だ。

「まったく、誰がこんな旅程をつくったんでしょうね」

汐見がぶつぶつと文句を言っている。たしかに、一般のお客を募集するツアーではあまりないスケジュールだ。デリーからアグラは電車かバスで日帰りも可能だが、電車の遅れや道路の渋滞で、時間が読みにくい。帰国日に設定するのはリスクが高いと言えよう。普通なら、デリー市内を観光して回るところだ。市内にも、世界遺産のフマーユーン廟やクトゥブ・ミナールなど、見所は少なくない。ただ、いずれもイスラーム時代のものなので、宗厳らの興味は引かなかった。

旅程をつくったのは、東栄旅行の担当者であろう。宗厳と梅円の要望がもとになってい るとはいえ、電車、バス、飛行機と移動手段も多彩なので、荷物の管理なども大変になり、文句を言いたくなるのもわかる。

管理担当の里見日向子はうれしそうに言ったものだ。

「トラブルがあったら？　それこそ、ふたりの手腕を発揮するときですよ。期待してますからね」

勝手な期待をしないでほしい。

幸いにして、行きの電車はほぼ予定通りアグラに到着した。インドで一番速い電車だという触れこみの通り、バスで三時間はかかるところを一時間四十分で走り抜けた。駅からバスに乗り、途中で電動バスに乗りかえてタージ・マハルに向かう。

アグラの街は工場や車の排気によって、重度の大気汚染にさらされていた。そのせいで、タージ・マハルの変色という問題が出てきたため、一般の自動車はタージ・マハル周辺に乗り入れることを禁止されている。

ラーニーが眉をひそめて説明する。

「正直に言いますと、タージ・マハル周辺の環境問題は深刻です。規制を強化したり、入場者を制限したり、外壁をクリーニングしたり、と様々な対策をとっていますが、いつまで美しいタージ・マハルが観られるかはわかりません」

だから、観られるうちに観ておいたほうがよい。

タージ・マハルは、ムガル帝国第五代皇帝シャー・ジャハーンの命により、十七世紀半ばに建設された。シャー・ジャハーンが愛した皇妃ムムターズ・マハルの霊廟である。ムガル帝国は中央アジア出身の遊牧民の末裔が、インドに侵入して建てたイスラーム系の王朝だ。

タージ・マハルに入場するには、行列に並ばなければならない。入場口は外国人とインド人に分かれていて、外国人は入場料が高いが、行列は比較的短い。順番を待つあいだ、ラーニーが情感豊かな口調で解説してくれた。

「タージ・マハルは世界一美しいお墓と言われています。インドの詩人タゴールは、その美しさを『時の頬《ほお》をつたう孤独の涙』とたとえました」

巨大なドームをもつ総大理石の墓廟は、陽光を浴びて白くきらめき、唯一無二の壮麗さで、見る者を天上へといざなう。墓廟を囲む四本の尖塔《ミナレット》、墓廟へとつづく庭園の道、巨大な楼門、イスラーム寺院たるモスクと集会場、いずれも計算しつくされた美観で、インド・イスラーム建築の粋をつたえている。内外の壁を彩る、無数の宝石を用いた象嵌《ぞうがん》や細密な彫刻も類を見ないものだ。

「タージ・マハルの建設には、途方もないお金がかかりました。ムガル帝国は繁栄していましたが、その負担は重く、国は乱れました。内乱が起こり、シャー・ジャハーンは息子のアウラングゼーブによって幽閉されます。死ぬまで、タージ・マハルを眺めて暮らしたそうです」

「それだけ、皇妃を愛していたのか」

梅円がしみじみと言った。そうですね、と、ラーニーが苦笑する。

「でも、ムムターズ・マハルが亡くなったあと、シャー・ジャハーンは多くの側室をめとり、国中の美女を集めて楽しんだそうです。そのせいで病気になったのも、内乱の原因らしいですよ」

小さな笑いが起こった。笑っているのは、やはり南謙寺のグループだ。

行列の先頭に近づいてきた。行列の原因は、厳重なセキュリティチェックである。テロ対策と汚染対策のため、タージ・マハルに持ちこめるものは厳しく制限されている。持って入れるのは、貴重品とカメラ、スマホくらいである。飲食物などもってのほかだ。事前に説明しておいたため、僧侶たちの荷物は少ない。

チェックを受けると、ミネラルウォーターとビニール袋を渡される。袋は、土足禁止の廟内で、靴にかぶせるためのものだ。

セキュリティチェックでのトラブルは少なくない。とくに、言葉の通じない外国人と、厳格な担当者がもめる例が多い。耕介は一行の最後尾について、はらはらしながら順番を待った。

そして……。

「失敬な！　私を疑っているのか」

怒声が響きわたった。

宗厳の声だ。やはり、と思いつつ、耕介は前方へと走った。

「どうしてもと言うから入ってやるのに、この仕打ちは何だ」

「検査をしないと入場できません。規則ですから」

「私が信用できないのか」

「嫌だというならお帰りください」

会話は嚙《か》みあっているように思えるが、日本語と英語のやりとりで、おそらく通じてはいない。冷めた様子の係員に対し、宗厳は興奮して頭のてっぺんまで赤くしている。いつもの穏やかな調子を早くも捨てているのは、言葉が通じないからか。

見ていた僧に訊くと、宗厳は袈裟の懐を探られたことに激怒したという。気持ちはわからないでもないが、係員はそれが仕事だ。素通りさせて、もし問題が生じたら、取り返しがつかない。自分のことだけを考えたら不快かもしれないが、広い視野で見て受け入れてほしいところだが……。

「ああ、君か」

宗厳が耕介に気づいて、ひとつせき払いした。

「この者に言ってやってくれませんか。御仏に仕える者に対して、これ以上、無礼な行為は慎むように、と」

「でも、それがルールですので、申し訳ございませんが、受け入れていただけないでしょうか」

「お断りです」

宗厳は不快げに鼻を鳴らした。

「そこまでして、見たくもないものを見る必要はありません。私たちは待っていますから、あなたたちだけでどうぞ」

私たち、という言葉に、後ろに並んでいた北謙寺グループの僧たちがざわめいた。やはり彼らも観たいのだ。耕介は説得しなければならない。

「でも、交換条件として見学するとおっしゃったはずです。どうかひと目だけでもご覧ください」

「そのつもりでいたのですがね。このような仕打ちを受けるとは思ってもみませんでした。向こうが非を認めて謝ってくれれば、観てもかまいません」

「申し訳ございません。みながルールにしたがっていますので、あなただけ特別扱いはできないのです」

　宗厳は深くため息をついた。

「この国で仏教がすたれたのも道理ですな。他者に対する尊敬の念がまるでありません。たとえ異教徒であっても、互いに理解し尊重することが必要なはずです……」

　耕介は宗厳をまじまじと見やった。他者を理解し、尊敬しようとしないのは、彼自身ではないか。だが、耕介の立場でそれを指摘するわけにもいかない。汐見なら言うだろうが、幸か不幸かすでに入場している。

「お言葉ですが……」

　遠慮がちではあるが、強さを秘めた声が届いた。振り向くと、ラーニーの大きな黒い瞳が、宗厳を見つめていた。

「異なる価値観を認めようとしないのは、あなたではありませんか」

「な……」

思わぬ方向からの攻撃に、宗厳は口を開けたまま凍りついた。

「エローラでお経を詠んだときに、あなたたちは拍手を受けました。あのとき手を叩いていたのは、ヒンドゥー教徒とイスラーム教徒ですよ。信じる宗教は違っても、すばらしいものはすばらしい。そう感じる心を、どうしてあなたはもてないのですか」

耕介はラーニーの横顔に思わず見とれてしまった。相手は年長であり、顧客であり、高僧である。意見するのに、どれだけの勇気が必要だっただろう。長い睫毛と黒い瞳に、凛《りん》とした意志と誇りがあらわれている。その姿は神々しいまでに美しく、気高い。ヒンドゥーの女神が降臨したようだ。

「私はただ……」

反論しようとした宗厳の声は消え失せた。身長差も年齢差も超えて、ラーニーは宗厳を圧倒している。

「ヒンドゥー教には仏教の要素もたくさん混じっています。インドでも宗教弾圧はありましたが、基本的には寛容の精神で多くのものを受け入れてきました。日本でも神仏習合があったでしょう。異なる文化を吸収して発展してきたのが、日本の歴史であるはずです」

宗厳はうつむいて、草履の先を見つめている。ラーニーがちらりと耕介を見やった。耕介は無言でうなずいた。

「タージ・マハルはイスラーム王朝が建てました。でも、そこにはインドの伝統も、ヨーロッパの技術も取り入れられています。材料は世界中から運ばれてきました。そして今、世界中の人たちが感動しています。あなたも殻に閉じこもるのではなく、胸を開いて受け入れてもらえないでしょうか」

「勝手なことを……」

宗厳はつぶやいて、額の汗を指でぬぐった。

ラーニーの言葉は完全に正しい。だが、正論がつねに受け入れられるとはかぎらない。とくに、目下と思っている者から、誤りを指摘されて、それを受容するのは難しいだろう。耕介は宗厳が怒りに我を忘れるのではないかと危惧した。だが、偏屈ではあっても、さすがに尊敬を集める宗教家である。考えるのは、自分の非がわかっているからではないか。

宗厳はしばしの沈黙のあと、救いを求めるように左右を見やった。しかし、北謙寺の面々は機械的にセキュリティチェックを受け、半ばはすでに入場を終えている。耕介がこっそり誘導していたのだ。

「そなたらまで！」

宗厳は固めたこぶしを力なく下ろした。葛藤《かっとう》がつづいている。

「おい、宗厳、まだやっとるのか」

どこからか、のんびりとした梅円の声が聞こえてきた。

「早くこい。だまされたと思って見てみろ」

旧友の声が、ためらっていた背中を押した。

「……あいつには何度もだまされたことがあるのだが」

宗厳はしぶしぶ列に並び直した。順番が来ると、今度はおとなしくボディチェックも受けて入場する。耕介もあとにつづいた。

門の暗がりを抜けると、一瞬、陽光に目がくらむ。まばたきのあと、白いきらめきが瞳に刻みこまれた。まだ遠いにもかかわらず、圧倒的な存在感である。白亜の墓廟が、蒼穹《そうきゅう》に抱かれて燦然《さんぜん》と輝いている。悠久の時を超え、人種や宗教の壁を越えて、人々の心に訴える神秘の存在がそこにある。魂の奥底が静かに揺さぶられ、かきまわされていく。白く気高い鳥が飛びたとうとする。

宗厳は人混みにもまれて茫然《ぼうぜん》としていた。

なかなか動かないので、後続の人のじゃまになってしまう。耕介は宗厳の腕をとった。

「写真」「ガイド」「金」などと叫ぶ声を無視して、一行のもとへ誘う。

「どうだ?」

梅円がいたずらっぽく笑って訊ねた。宗厳がひと呼吸おいて答える。

「まあ、そこそこだな。思ったよりいい」

「そりゃあ、よかった」

田倉が何枚もの写真を撮っている。水に映るタージ・マハルを撮ろうとしているのだが、なかなかうまくいかないようだ。

「写真より実物は何十倍もすばらしい。それはわかったんですが、帰ってから動画と合成してアップしたいんですよね」

奮闘する田倉をよそに、一行は歩き出した。水路沿いにまっすぐ伸びる道を、墓廟へと進む。巨大な真珠のようなドームは、なかなか近づいてこない。想像以上にスケールが大きいのだ。高さは約六十メートル、横幅も奥行きも同じくらいある。写真と実物では、迫力がまったく違う。

白き衣をまとったタージ・マハルは光の加減によって、様々な色に変化するという。黎《れい》明《めい》の青が、朝日を浴びて黄金色に輝き、夕方には紅《あか》く染まる。いずれも、この世のものならぬ神秘的な美しさである。飴玉《あめだま》ひとつ持ちこめないにもかかわらず、一日中過ごす人もいるそうだ。

「極楽浄土の蓮華のようだ」

ぽつりと、宗厳がつぶやいた。

とんぼ返りの日程では、充分な見学時間はとれない。名残を惜しむ僧たちを引きはがすようにして、一行はデリーへ戻った。

7

「目だけ残していきたい」

梅円は珍妙な表現で、未練をあらわにしていた。宗厳は怒っているかのように、眉根をぎゅっと寄せていた。

耕介は意地悪く感想を聞いたりせず、心地良い疲れに身を委《ゆだ》ねている。ラーニーのおかげで、破局を迎えずにすんだ。何とか無事に日本に帰れそうだ。タージ・マハルの見学中に、知り合いの添乗員に会って同情されても、腹は立たなかった。どうやら、入場時のやりとりはかなりの注目を浴びていたらしい。

汐見は、というと、添乗員の業務を半ば忘れて、はしゃぎまわっていた。はじめてのタージ・マハルに、すっかり魅せられたようだ。

「すばらしいのひと言です。アブ・シンベル神殿と双璧《そうへき》をなすかもしれませんね」

アブ・シンベル神殿は、エジプト南部にある遺跡だ。三千年以上前のエジプト新王国時代のラムセス二世によって建てられた。ラムセス二世や神々の巨大な像や壁画が印象的だ。アスワン・ハイ・ダムの建設時に移築されており、世界遺産創設のきっかけとなった貴重な遺跡である。

とはいえ、タージ・マハルとは時代も性格もまったく異なる。そもそも、違う地域の遺跡はあまり比べないほうがいいと、耕介は思う。

「考えてみれば、アフリカとインドはインド洋をはさんだお隣さんですからね。通じ合うものがあります」

スケールが大きすぎることを言って、汐見は無邪気に笑った。インド洋をはさんだ交易は古くから盛んだったというが、お隣はないだろう。

渋滞はあったが、空港までトラブルなくたどりつけた。何とかそろって帰国できそうである。任務をまっとうしたと考えていいのだろうか。東栄旅行の仕事はいつも疲れるが、今回はとくにひどかった。

梅円が禿頭をかきながら言う。

「おまえさんにも苦労をかけたな。宗厳があれほど頑固だとは思わなかった。最初は勉強のためのツアーだから、仏教遺跡以外は観ない、と言っておったんだ。それが、いつのまにかすりかわって、仏教遺跡じゃないと価値がないように、思いこんでしまったんだな」

「いろんな考えの人がいますから」

お客のことだから、耕介は多くを語らなかった。宗厳のような考えであっても、それが自分の希望なら、かなえられるよう全力を尽くす。本心ではこだわりなく楽しんでほしいが、自分の価値観を押しつけたりはしない。それが耕介のポリシーであり、処世術でもある。ただ、今回のように、同じツアーのなかで考えが対立するのは避けてもらいたいと思う。どちらに合わせても不満が生じるからだ。

梅円自身は、非常に満足しているという。

「次はタイかカンボジアに行きたいものだ」

どちらも貴重な遺跡が多く残る仏教国である。

「そのときはぜひ東栄旅行でお願いします」

営業スマイルを浮かべた耕介の視線の先に、宗厳がいた。ラーニーに向かって、丁寧に頭を下げている。

「ご迷惑おかけしまして、本当に申し訳ございません。あなたのおかげで、自分の不明に気づきました。ありがとうございます」

ラーニーもあわてて礼をする。まるで日本人のようだ。

「私のほうこそ出過ぎたことを言って申し訳ございませんでした」

「いえ、言っていただいてよかったのです」

頑固な宗厳も、タージ・マハルの美しさに打たれて改心したらしい。互いにいがみあうよりも、謝りあっていたほうがよい。

タージ・マハルをつくったシャー・ジャハーンは国を傾けて、不幸な晩年を送った。だが、その一因となったタージ・マハルは、今のインドに多くの恩恵をもたらしている。皮肉なことだ、と言うべきだろうか。

とりとめもない考えにひたっていた耕介は、ひとつ大切なことを忘れていた。気づいたのは、定時になったので出国ゲートに向かおうとしたときである。

ひとりたりない。

はっとして顔をあげると、かすかな歌声が聞こえてきた。玄関のほうからだ。耕介は小さくため息をついて、声のするほうへと駆けだした。

インドから帰国したあと、耕介のスケジュールは一週間空いていた。貴重な休暇である。友人を誘って飲みに行ったり、久しぶりに服を買ったり、日帰り温泉で疲れを癒《いや》したり……と、やりたいことはたくさんあった。だが、帰った日に熱を出して、三日も寝こんでしまった。いつもそうだ。海外ではぴんぴんしているのに、日本でゆっくりすると、体調を崩す。もしかしたら、日本の水が合わないのかもしれない。

東栄旅行の里見日向子から電話があったのは、ちょうど熱が下がった日だった。

「先日のインドツアーのアンケートを集計したんですけど……」

嫌な予感が鎌首《かまくび》をもたげてきたが、まだ身体も頭もだるくて、何の反応もできなかった。

日向子が弾んだ声で告げる。

「とっても評判がよかったんです。さすが国枝さんですね」

「はあ、ありがとうございます」

意外だった。文句を書かれても仕方がないと覚悟していたのだが、終わりよければすべてよし、ということなのだろうか。

「汐見が言うには、多少トラブルはあったけど、国枝さんがうまく収めてくれた、と。すごく感謝してましたよ」

褒《ほ》めすぎである。ラーニーがいなかったら、どうなっていたことか。

「現地ガイドがしっかりしていたからですよ。何度か一緒になってますが、すごく信頼できる代理店だと思います」

「そうですね、それはともかくとして、優秀な添乗員さんに急な仕事の依頼がありまして……」

そらきた。またトラブルの種を抱えたツアーにちがいない。

「今ちょっと体調が悪いので、会社を通してくれませんか」

たまに忘れそうになるが、耕介は派遣会社に所属している。本来、派遣会社から仕事の話があるべきなのだ。

「やだなあ。国枝さんと私の仲じゃないですか」

どんな仲だ。

「会社のほうにはＯＫをもらっているので、あとは本人だけなんです。それでですね……」

耕介はスマホを持ちなおした。結局、話を聞く体勢になっているのである。またしても、厄介な仕事を押しつけられそうであった。

※この話はフィクションです。登場する人物、団体、名称などは、実在のものとは関係ありません。

Haruki Bunko
ハルキ文庫

こ 10-1

添乗員《てんじょういん》さん、気《き》をつけて 耕介《こうすけ》の秘境専門《ひきょうせんもん》ツアー

著者 小前《こまえ》亮《りょう》

2019年8月18日第一刷発行

発行者 角川春樹

発行所 株式会社角川春樹事務所
〒102-0074 東京都千代田区九段南2-1-30 イタリア文化会館

電話 03(3263)5247(編集)
03(3263)5881(営業)

印刷・製本 中央精版印刷株式会社

フォーマット・デザイン 芦澤泰偉
表紙イラストレーション 門坂 流

ISBN978-4-7584-4283-1 C0193 ©2019 Ryo Komae Printed in Japan
http://www.kadokawaharuki.co.jp/[営業]
fanmail@kadokawaharuki.co.jp[編集]　ご意見・ご感想をお寄せください。